朱 曦

拷问文学

景云里遗事

上海交通大学出版社
SHANGHAI JIAO TONG UNIVERSITY PRESS

内容提要

1929年，黄浦江北岸的景云里，聚集着一群留学生。

有日本回来的，有启程去德国的，还有在商务印书馆的资料室自己"留学"的。

有只写小说的，也有坚决不写小说的：

中国作家，该学在西方"地位甚高"的小说，还是尼采式的短章？

他们的彷徨，将决定一百年的中国文学！

图书在版编目（CIP）数据

拷问文学：景云里遗事 / 朱曦著 . 一上海：上海交通大学出版社，2019
ISBN 978-7-313-21564-2

I. ①拷… II. ①朱… III. ①中国文学 – 现代文学 – 文学研究 IV. ①I206.6

中国版本图书馆CIP数据核字（2019）第141336号

拷问文学：景云里遗事

著　　者：	朱曦			
出版发行：	上海交通大学出版社	地　　址：	上海市番禺路951号
邮政编码：	200030	电　　话：	021-64071208
印　　制：	苏州市越洋印刷有限公司	经　　销：	全国新华书店
开　　本：	787 mm × 1092 mm　1/16	印　　张：	5.625
字　　数：	72千字		
版　　次：	2019年9月第1版	印　　次：	2019年9月第1次印刷
书　　号：	ISBN 978-7-313-21564-2/I		
定　　价：	100.00元		

AVTPRODESSEVOLVNTAVTDELECTAREPOETAE
AVTSIMVLETIVCVNDAETIDONEADICEREVITAE

故事里的不少译名，取自民国旧译。一些译者，还认识名字的主人。这些名字，往往反映出人物的秉性，读音也比今天常见的译法更贴近外语发音。初次登场时，这类译名会以星号标明。所据音标，还有对应的新华社译法，都在书后的译名表里。

卷一

德国、日本还是希腊?

"这么又默然了一些时，我便起身告辞了。先生一直送到大门口，我便鞠躬下去，刚一伸身，先生突然目光辉射，执着我的右手猛然一握，我感到那手力极强。这是以前未曾遇到过的，我吃了一惊，便分别了。

"那一握，是教示，是勉励，使人精神振起，要努力，要争气，要在外国好好读书……从此先生的一切其他平日的教言，凡我所读到的，听到的，皆在我脑里醒活了。此后留学期间，凡学生之萎靡事，如'不进学校'，'关起门来炖牛肉'之类的事，如先生嘲笑过的，皆没有作过。后来极穷，也未尝自己煮饭，真是'竖起脊梁'，好好地读书。"

山
鲁迅与徐梵澄"，2019
彩｜亚麻布
×40 cm

"下午徐诗荃赴德来别。"

记下这一笔时，鲁迅怎么会想到，几个月后在海德堡给梵澄讲歌德的，是"乔治领域"中一度被边缘化的恭道夫*。对那位大人来说，学者一向是不入法眼的。而恭道夫，则更是将古典学家写的《柏拉图》称作丫鬟读本。

这番刻薄，在梵澄，却是一剂难得的好疫苗。他逃离复旦，去德国念学位。因父亲病故，不得不空手而归。梵澄一生的著作，看不见学院的整滞。他的笔下，写不出机械的语言。他的文章底下，找不到连篇累牍的引语和书名。他看得懂不少外语，行文却不喜欢标注外语（对，因为他知道，那样做会破坏文章的韵律，也难免浅薄之讥）。偶尔用英文著书，是为了介绍中国的文字。

到海德堡不久，梁宗岱也来了。

他在巴黎跟梵乐希·学诗，受的教诲，却和梵澄很像：重实学，不慕虚名。在这位向导的支持下，他出版了陶渊明的法译诗集，而不屑博士学位。选择去法国，是听从了他岭南大学的老师。那时，赴美留学，和今天一样时髦。老师却说，学诗还得去欧洲。

1924年，他在上海，见到了沈雁冰和郑振铎。沈雁冰还不是茅盾，景云里也还没造好。之后，他就去了日内瓦学法语。两年后，在巴黎认识了梵乐希，开始出入沙龙、发表法文诗。他去海德堡，是学德语，又去佛罗伦萨学意大利语。留学七年，虽没有任何学位，却凭着徐志摩的关系进了北大教书。然而，涉世未深的梁宗岱旋即被卷入一场婚姻官司。七年后，已是战时复旦教授的他，又为了一个艺人，离开了妻儿。法国文学，似乎没能给他和认识他的人带来快乐。

梵澄呢？去德国，自然有鲁迅的缘故。

鲁迅是留日的。在日本，学的却是德语。去哪儿留学，可是个奢侈的决定。一度在景云里一带活跃的陈望道，起初学的，是英语。最后仍不得不舍远就近，去了日本，并重新学日语。周氏兄弟则是官费派去日本的，日语也是到了东京才学的。和陈望道一样，周作人会英语。日语始终没在他的思想上产生什么影响。用他自己的话说，借由英语所得属于知的方面，而日语给他的是情的方面。20世纪初的日本，我们今天熟悉的正字法刚刚开始普及。周作人把日文当汉字念，理解不成问题。逃课，仍拿高分。日常生活，有兄长代为开口。自己几乎用不着日语。译书，则往往从现成的英译本转译。

德语，当然是医学生的必备。日语中不乏德语借词。因为早年引进德国医生，病人听不懂的德语借词，甚至成了医生间的暗语。弃医从文后，鲁迅又自学了三年德语。学的，却不是德国文学。

1927年11月，南昌起义后，郭沫若带着安娜躲在多伦路的弄堂里，翻译《浮士德》。剧中的主人公，和他的作者一点都不像。与其说《浮士德》是歌德的力作，倒不如把它当成那个时代的镜像。尼采则是读者的镜像。郭沫若看到的尼采，仍是浮士德。指引他一生进退举止的，是浮士德。

郭沫若是学过拉丁文的，却从没想过与尼采争锋。他说，孔子集康德、歌德于一身。一看就知道，是化用了哪本哲学史的叙事。其实呢，尼采读康德并不多，于歌德则不然。

歌德可不只是个剧作家。他曾扶植魏玛的戏剧产业，这没错；但那不是歌德的全部。他的公共政策，他足以抗衡牛顿的颜色理论，他的口述传统，是今天很少被提起的。郭沫若也是医学生。在日本高中学德语，读的是歌德、席勒。从那时起，他对作家、作品的选择，就是由传统的文学史决定的。而那时的郭沫若，早已翻译过《少年维特之烦恼》，在上海出版。那本歌德借以成名的书，原是为了医好作者自己的心病。谁会想到，十年后，它的浪漫风气会给安娜带来无尽的烦恼。

鲁迅不用看歌德、席勒。他在学校挂名，只按自己的兴趣看书、译书。这就是自由的好处了。

❧

论赞，发端于《左传》的"君子曰"，而在班、马笔下成了正史体例的一部分。同一时期的古罗马，则有所谓平行传记，也附论赞。今天，英文

…山
…译书"，2019
…彩 | 亚麻布
…×40 cm

媒体的报道末，还能见到这种形式，用来提供不同的材料和视角。

读者即将看到的这些论赞，涉及文学外的领域、政策。这是因为，任何用到语言的事情，都会对文学产生影响。优秀的文学，作者也往往不是作家。

编注：正文与目录要求绝对统一，故每卷仅首篇标明"论赞"。

论赞：自由的学制

宽松的学习环境，不只是笛卡尔们的温床。诗人谬顿·从剑桥毕业后，自学了六年；因为他看不上剑桥的课程。年轻时的神学家巴勒塔萨·，老老实实接受过耶稣会七年的培训；上课时，却戴耳塞，看古书。

今天各国的大学中，美国院校不但在图书馆等资源上遥遥领先，环境也是最宽松的。

尽管一些学校也开始模仿美国本科，欧洲的传统，仍是专才教育。缅甸的昂山素季，在牛津念过第二个本科。为什么她只得了三等学位呢？（杨宪益拿的是末等）原来，她念的是牛津有名的"哲政经"课程。入学后，却发现学不到什么东西，于是几次三番要求转专业。牛津当然欣赏不来不听话的学生；昂山也不留恋那个小地方，多年后选择了伦敦大学念硕士。

在美国，想学什么就自由多了。不但转专业、跨专业没什么限制，要是觉得通识课太容易，还可以自学，然后参加全国统一的考试来换学分。这是值得在中国推广的制度。

学科、专业间，原本就不存在界限。贸易谈判是个很好的例子。原外经贸部副部长张祥，曾在慕课中回忆说，美国政府的团队式谈判很厉害。当年的关贸总协定谈判中，代表法国的郭邪夫˙，却能以一己之力压制美国代表团，有"毒蛇"的口碑。对贸易数据，他了如指掌。

郭邪夫，本是巴黎最有威严的哲学教授。二战后，为了实现自己的历史哲学而成为幕僚。当然，他在1945年给戴高乐的上书，从今天看，对世界上各势力的估计是不足的；世界政治，没照他的预想发展。

以专才教育培养谈判专业的学生，就不会出现这种人才。更为理想的模式，是遴选学习能力、待人接物都很优秀的本科毕业生，作短期的专项培训。这样，不依靠硕士的学制，不但考察、录取方式可以更灵活，也不占用考研资源。

文学更是如此。别指望征文比赛或是训练营；作家，是无法培养、选拔出来的。美国的金大侠，生平颇为蹊跷，小说也荒诞不经。但他讽刺作家训练营，却入木三分。而比赛，不过能让成名作家当评委，多个收入来源，并为书商提供造星的资本。

自然科学的竞赛，则要顾及学生的成长规律。与其办征文，不如照匈牙利传统，在刊物上开展数学解题比赛。和奥赛之流不同，解题比赛是每月发布数学难题，征集解答，并刊登成功者的名单，以及其中最巧妙的解题手法。这种形式，不会成为课外的包袱；能激励学生，也倡导了优雅的数学思维。

～～～

文学史上的诗人，鲁迅喜欢的是海涅。这当然是因为革命情怀。

海涅可不简单哦。文学史上的海涅，是革命诗人；他住在浪漫的巴黎；他的诗，被谱成艺术歌曲。现实中的海涅，出生于一个商人、银行家家族。因为反政府言论，流亡巴黎。资助他的亲戚，是人称"汉堡的罗斯柴尔德"的银行家。他在巴黎的朋友中，也不乏商人、银行家之流。看来，海涅的革命情怀，要重新审视了。

～～～

法国大革命

海涅成长于大革命年代。法国大革命是革命思潮的源泉，对景云里诸君影响不浅。

大革命史，历来有诸多疑点。梁宗岱学诗那会儿，正在巴黎念学位的黎东方，就专攻这个时期。他也注意到一些难以解释的人物，可惜拿到学位后，就再没有深究。现代史学训练，重视的是微观考据。然而，微观史料是搜集不完的。任意一组微观史料，也都可以有截然不同的诠释。没有宏观的眼光，很难说，这种微观研究，对理解某一时期做出了贡献。这种专事考据的博士论文，层出不穷；白璧德*一百年前就批评过。

其实，为了学位而读博士的学生，喜欢的正是这种题目，德语所谓"面包学者"是也。只要博士学位能带来教职，或是帮助升迁，就会有人来读。他们本来就不是有什么疑惑，才去看史料的；随便哪组史料，用来拿学位还不都一样。翻阅这些年出版的文科论文，不难发现，国内研究生院，已很难吸引到一流的学生。

当然，黎先生回国后看不到史料，也是原因。今天，情况可不同了。不但基本文献网上就有，连以往不被注意或难以查考的谱牒信息，也开始被利用。另一方面，近百年的几次金融危机，让人们逐渐意识到这些危机背后的人为因素。优秀的金融新闻，往往穿插着银行家、企业家们的权斗。金融媒体对日常新闻的报道、特写，也比一般文学作品更接近时代中心、更真实，有数据图表、有实地调研、有文笔。

法国大革命，也是一场金融危机引发的。主导革命的人物，大多是富有的银行家或商人；他们是有能力制造金融危机的。

革命进展得异常顺利。尽管法国有很强的军队，这些军队往往毫无动静。普鲁士军队更是不战而退——不少学者怀疑是被买通的。而当时爆发的不少真正意义上的平民起义，反对的却是当权革命派的政策。

从短期看，路易十六可能并没在1793年被处决，而是在拿破仑离开历史舞台后，顺理成章地以路易十八的身份取回王位；史书所谓兄弟二人，实为障眼法。由银行家、商人主导的新政府，则从天主教会手中，夺过了大量土地与税收。而随后的拿破仑战争，又让军火商获得暴利。从长期看，代议民主逐步取代了君主制，进一步巩固了这些人对政府的控制。

黎东方的老师叫马诋揶·颇以文自矜，黎先生差点因为写不通法文而肄业。中国学生，毕竟是聪明的。消沉了一阵后，他靠一本偶然发现的作文书，写出了合格的法文。想步黎先生后尘的读者可要注意了，只懂语法，是写不出地道外语的。这是卷三的后话。

那时，最纳闷的还要数马诋揶。他问，黎，你讲法语我都听得懂，怎么做起文章来，就那么不堪入目呢？今天，多数西方教授，是不会计较东方学生的文笔的。

———————

梵澄也是做过医学生的。他的德语怎样呢？

1930年7月，他给鲁迅写了封长信。这时，鲁迅已搬到四川北路的拉摩斯公寓。那是内山书店的斜对面。信里，梵澄罗列了他的"认识论"：问教授；看书；问书店。这三种方法，总结了他在德国求学的门径。一般的学生，是不会这么列的。对自身行为高度的自觉，的确使梵澄与众不同。不愧是鲁迅看上的学生！在上海，鲁迅是不敢叫"此公"帮忙跑腿的，还让家人一块儿给他抄稿子。

若问远在巴黎的黎东方，他或许会加上一条：问图书馆。除了马诋挪，他还受过一位图书馆长的指点。那是可遇不可求的。

今天所不同的，只是搜索引擎取代了过去万能的书商而已。问教授，看上去是最好的办法。"他一句话或可当多少时的寻找，多少书的解释。"问题是，作为专家的教授，往往没有梵澄那种自觉。他只会回答学生的问题，而不会去想问题的根源，从而找出学生真正欠缺的知识。

那时，鲁迅托梵澄查一个德语词。他遍查不得，就问了教授。教授向他解释了词义，但没说为什么查不到。梵澄也"以为此义仿佛圆满"。几天后，翻到一本收有词源信息的词典，他才知道，那词是中古时期的拼写。

同一封信里，梵澄还提到格林兄弟的"宝书"。会法语的读者，一定猜是那部大词典吧；法语常用"宝书"给词典命名。然而不是的。他说的，是《格林童话》。《格林词典》虽没编完，梵澄没去查它是肯定的。

和梁宗岱不同，梵澄在欧洲学的是拉丁文、希腊文和梵文。对语言感兴趣的读者可要注意了，学哪几种语言，是个重要的抉择。对梁宗岱来说，欧洲文学是英、法、德、意；对钱钟书而言，则是英、法、德、意、拉丁。梵澄的选择很特别。谁会相信他没受印欧神话的影响呢？

简化半边的"锺"，既没有辨义功能，也不合于本人手迹，是名人效应的扭曲产物。

印欧语的神话

这几十年，对人类学的迷信是渐渐少了。人们意识到，它研究的并不是什么关于人类的大问题；"民俗学"恐怕才是更准确的名称。

另一个神话，却意外出现了。说意外，不仅是因为，这门学问，只在19世纪风靡一时过；更是因为，它的研究对象并不存在。

它叫比较语文学，叫历史语法，也叫历史语言学。这原本只是通过排比的方法，用历史上有关联的其他语言，来解释某一语言中的现象。它对学习语言的帮助可不小。知道了不规则语法现象的成因，不规则就成了规则。学习邻近语言时，排比对应的结构，可以事半功倍。借由音变规则，将两种语言中表面上看不一样的词，追溯到同一个来源，记单词就不必死记硬背。

谁知，后来演变成了印欧学。学者们不但争相构拟那个不存在的原始印欧语，连印欧神话、印欧人也跟着出现了。这当然给东印度公司的生意找到了借口；本质上，是在用语言学的研究方法玩跨界。较为保守的，则能守住音系、词法，而不染指句法的构拟。一本新出的《英语史》，就是按这个路数写的；还声明，此书非为语文学家而作也——语文学家，是印欧语学者在19世纪的名字。印欧学的自我陶醉，可见一斑。

语言对年轻人颇有吸引力。语言学习，是他们一生中最早、最常接触、也最实用的一门对自然现象的科学研究。拉丁文、希腊文和梵文，遥远、复杂、朴茂，能满足聪明而喜欢标新立异的年轻人的虚荣心。这和印欧学的自我陶醉，正相契合。要是把语言学当作辅佐，年轻人就有可能透过语言，追赶、超越古典作家的人格。若是沉迷于虚幻的构拟，对思想、事功失去了兴趣，则不过是活在自己的神话中而已。

李方桂几年，李方桂在芝加哥念学位。和芝大保守印欧学的接触，决定了他的职业生涯。1928年回到上海，不问世事，替洛克菲勒做研究。还在密歇根时，李方桂就学过中古时期的德语；他是清华庚子赔款的留学生。梵澄选语言，可以看到印欧学的痕迹；但又没学古代德语——这是很有意思的。他没有亦步亦趋，更不会让区区博士论文左右人生。

这还只是语言呢。他的专业，是美术史。

鲁迅推广美术，对版画情有独钟。他和郑振铎，努力保存笺纸艺术的遗迹；而版画的制作，正和笺纸相通。他和内山完造办的版画展，应者寥寥。版画较易搜集是没错，可仍不免让人想要学着陈石遗慨叹一句：画又何必向外国去学呢！咱们中国画不就很好么！

在文艺上，鲁迅可没有择优而从的自由。推中国画，推古书，就可能被当作复古；而鲁迅是想要改革的。左联中，又有来自革命党人的压力。茅盾也对鲁迅说，左联像政党。鲁迅一笑了之。推广版画，尤其是苏联版画，就不会有这些麻烦。梵澄在德国，替鲁迅搜罗过不少。

这却带来了其他问题。版画，不论表现力还是题材，都很有限。用版画推广西方美术，无异于管中窥豹。另一方面，当时的版画，已经受到现代美术的侵蚀。鲁迅收藏的一些作品，即是强迫美术作出语言表达，而不顾美感。和笺谱一样，版画的受众，注定是少数人；不像笺谱，版画并不总是能给观者美的教化。

梵澄对此是矛盾的。他那篇没有换来学位的论文，讲的是文艺复兴的美术。1930年给鲁迅那封信，对现代美术、画论颇多微词。晚年替鲁迅的藏画集作序，提起把艺术当作政治手段，只是说，已不在传统艺术范围。对于鲁迅的眼光，梵澄始终是宽容的。

凡此种种，都是对美术史的反抗。

美术史

你听说过音乐史系么？

在大学里，美术史往往独立成系。这是别的艺术史不敢奢望的。美术史的兴起，却伴随着美术的衰败。在西方，我们很少再看到富于美感的新作品；近在眼前的例子，就是英国设计师笔下的大兴机场了。古代作品，则沦为画商哄抬、盈利的道具。

美术史有两个来源。一个，是对古希腊、古罗马美术的欣赏。对，欣赏。因为欣赏者，成了受尊敬的职业。用不着积年累月的训练，用不着天赋，只是动动笔，对别人的艺术品评论一番。发展下去，当然就会出现所谓审美家。

这欣赏，也是以一种奇特的形式进行的。一开始，人们并没注意到，古代雕塑上有残留的颜料。不上色的雕塑，就这样被奉为高尚。白色的雕塑，当然有它特有的美感，却未必是古希腊人懂得欣赏的。与其说欣赏，不如叫投射吧。这种投射，来自古典学的大环境。古典学家，那时就喜欢将古代当作镜像，从中看到自己的影子，并得到满足。

另一个来源，是从号不思、到胡叟、到康德、再到黑格尔所形成的，给历史赋予意义的做法。美术史，当然也需要一个意义。于是，人们开始四处寻找那个意义，并在大学开讲。鲁迅理解的唯物史观，就是这个意思。拷问美术家和历史环境、甚至阶级的关系，当然是有意义的。被忽略的是，文艺复兴时，富商们只资助富于美感的艺术品。

美术史能从艺术品中，读出任何语言表达。美术家的表达方式，是美术，不是语言。美术史可不管美术家的抗议。它甚至扬言，要做没有美术家的美术史。拒绝用美术表达语言、甚至政治的美术家，得不到美术史的赞许，得不到美术协会的资助，得不到美术馆的展出，得不到拍卖行的高价。而在其他美术家面前，失去了美感的现代美术，是唯一的路。

这就是西方现代美术的语言化。

———∽———

梵澄学美术史，说不定是鲁迅的主意。学历史，就能拿博士学位，回国当教授。自从住进景云里，鲁迅就一再拒绝重返讲台。他却并不反对梵澄走这条路；教授的薪水，比作家是好多了。

书一禁，收入就没着落。连鲁迅都觉得，"上海靠笔杆是很难生活"。

理论之外，梵澄也去技术学校学版画。虽说"结果似无所成"，学过和没学过，是不一样的。歌德就因为学过画，才能在颜色理论上，发牛顿所未备。德国的技术学校，是大学的平行宇宙。如果说，德国大学是自由的贵族式人文教育，和生产线式的科研教育的混血；技术学校，则是法国大革命留给德国的遗产。大革命废大学，而代之以专才教育。在这种理论、技术泾渭分明的学制下，梵澄学了乐理，却没能一窥作曲的堂奥。

海德堡的同学里，拿到学位的，是冯至。恭道夫去世，第二个老师又离职，论文的题目也得不停地换。这样一篇跟着教授团团转的论文，好似对论文制度的嘲讽。冯至不是不知道。晚年回忆起来，佩服的仍是梵澄和宗岱。从北平来的他，在海岱山第一次知道了，什么叫山外有山。还有他们各自的老师——鲁迅和梵乐希；冯至说，两人都是十年沉默，一鸣惊人。

后来，梵澄和冯至曾在吴淞的同济大学共事。那是个远离景云里的地方。当时，鲁迅刚刚去世，是淞沪会战的前夜。同济，有不少德国教授。梵澄曾说起，留学的风尚，是跟着官费走的。唯独没有提到的，是英国风。留英的庚款，是1933年才有的。

本科博士的布局

学制和留学基金的配置，可以用来调控人才培养的方向。

目前，以工业政策为导向，一方面应当加强自然科学的本科教育，将一些专业适当延长至五年，以保证一线科研人员，有全面而足够深入的专业知识。停招一部分质量低的本科专业，将生源分流到专科。专科教育，一方面继续推广德国式的工读模式，一方面提升专科的公众形象。"工读"的叫法，在汉语中略带贬义，不利于提升专科的地位，改为"带薪实习"较妥。

另一方面，取消文科科研经费，集中资源，培养　　见澎湃新闻《该反思"课题"制度了》

亟须攻坚的前沿领域的博士。博士的考核制度，应当用实际的科研项目，取代期刊论文。同时，取消博士学位与行政职级的任何关联，避免学生为升迁而占用科研资源。硕士教育对工业政策的增加值不高，反而被用人单位当作对毕业生的选拔考试，不必要地抬高了就业门槛，而考研本身对年轻人的身心损耗也很大。应当取消硕士制度。同时，留学基金也做出相应调整。去年公派硕士项目的取消，或许能将更多学子，引向国家亟需的研究。

见经济日报《对文凭要求虚高危害不小》

钱钟书

看到这儿，牛津不会欣赏钱钟书，应该是预料之中的了。

梵澄从德国回来后的那几年，钱钟书正备考庚款。他暂时任教的光华大学，远在沪西。战乱中，他再到上海，鲁迅已去世多年。

钱钟书好学生的人设，是在牛津崩塌的。他重考的科目，还是最机械的古文字学。与此相映成趣的，是景云里诸君对古文字的态度。鼎堂就不用说了，就连鲁迅都很重视。1928年，陈独秀突然来19号半找茅盾。已不问政治的他，这次竟是为了写文字学的书，来调查上海话中的古音。研究古文字，固然能帮助解释古书，或是提供新的古书；若是因此忽略了"品行文章"，则是得不偿失的。鼎堂又是个例子。梵澄和钟书，都能不为所惑。

钟书也看不上牛津，说念博士不过是交钱吃饭。拿了个学位，就离开了。不像十年后的杨周翰，还偏要重读个本科。钟书的那个学位，如今官宣是硕士；哲学系的硕士，到现在还叫学士呢。

他的英文，到底是好，还是坏？

这本不是问题；读者大可自行鉴别。哈佛的学生，却对谁是第一执念颇深。一位中国学生，拿着钟书的文字，给五个教授分别过目。这个小问卷的纰漏，当然是不该透露作者的身份。这不，一位教授，一听是中国人写的，就开始朱墨灿然，最后批语：我一看就知道是外国人，不地道，还爱卖弄。还是一位语言学家靠谱，说这人的英文，和现在的语言习惯不尽相同，但功力极深，连抑扬顿挫都模仿到位。

《围城》写海归，可不是偶然的。那是他当时唯一的一点经历。后来做了书斋学者，经历、想象都少了，就不再有续作。优秀的作家，很少在学校里教书。倒不是说，教授就必定没有写作的天赋；怎奈校园生活单调，注定离现实越来越远。鲁迅也说，翻世界文学史，里面的人，几乎没有兼作教授的。

钟书其他的著作，视野、体裁，都是中国传统的，旨趣也和钱基博无异。他心目中的西方主要作家，无不出自传统的文学史或哲学史。他爱做笔记，下笔也没能摆脱笔记；离开了故事情节，就难以连贯地叙事。

做笔记的冲动，其实，反映了懈怠的思维状态。想做笔记，意味着没能将见闻化为己有。这就是为什么，钟书的著作，看不到思想深度。还在学校里的读者要注意了，不依赖笔记，才会有思考的习惯——这是在牛津或哀呐·所学不到的。笔记，来自那个不印讲义的时代。

钟书真正能传世的，恐怕还是屈指可数的那几个译名。

梵澄不在乎的，不单是学位。甫一回国，他就教导艺专的学子，西洋文学，实难和中国文学相提并论。后来画的，也是国画。

恭道夫讲歌德，讲莎士比亚，可以看到凯雷·的影子。为什么叫他凯雷？因为那正是凯雷集团的凯雷。凯雷集团，是今天最大的私募公司；所谓私募，就是将公司低价买进，裁员、发高息债、

这种传统的私募策略，当然不利于经济的长远发展。愿意长持的私募，却可以善加利用。

变卖资产、提高利润，最后高价卖出。集团的创始人没有叫凯雷的，是怎么回事？原来，凯雷是成立时所在酒店的名字。而凯雷酒店，则是一位犹太银行家建的。酒店的名字，正来自作家凯雷。

凯雷不但推崇伟人，还写了法国大革命史，奠定了大革命的传统史书叙事。对，那场以银行家坐拥战果而告终的革命。拿破仑似乎并不像凯雷所说，是个以一己之力创造历史的人。异常轻松的升迁，自相矛盾的士兵、死伤数字，舍近求远而放弃进攻英国；这些都表明，拿破仑的成就，不是一个人策划的。拿破仑僭位，英国人九年前就知道了。1908年，拿破仑的侄孙，在美国筹建了最初的联邦调查局。

莎士比亚，是卷三的后话。恭道夫吸引的学生，只有冯至。他听恭道夫的讲座，排遣内心的空虚。北大读书时的冯至，只知道那个稚气未脱的歌德。等到战乱中，重拾歌德，他终于懂得欣赏那个智者，而没蹈郭沫若的覆辙。这大概就是恭道夫的功劳了。

梵澄却没有这个问题。比起鲁迅，德国教授恐怕还做不了他的老师。留学经历对人的影响，会经过他已有的经历这道滤镜。对国外人和事的判断力，是在国内形成的。早在他们刚认识那会儿，鲁迅就给梵澄灌输人情世故的险恶。他算得上鲁迅特殊保护的年轻人了。鲁迅帮他投稿，却不给他介绍一个朋友，所谓单线联络是也；住景云里一带那几年，鲁迅得时时应付左联的"朋友"。而梵澄的反侦意识也很强，身为鲁迅学生，却没有成为烈士。

刚到海德堡那年，鲁迅写来信，问学校有用唯物史观来教文学史的么。

这真是有意思。鲁迅留日，学的是德语。德国哲学，他却从日本学。理想主义和物质主义，不是什么对立的思想。物质论，本身就是一种理想主

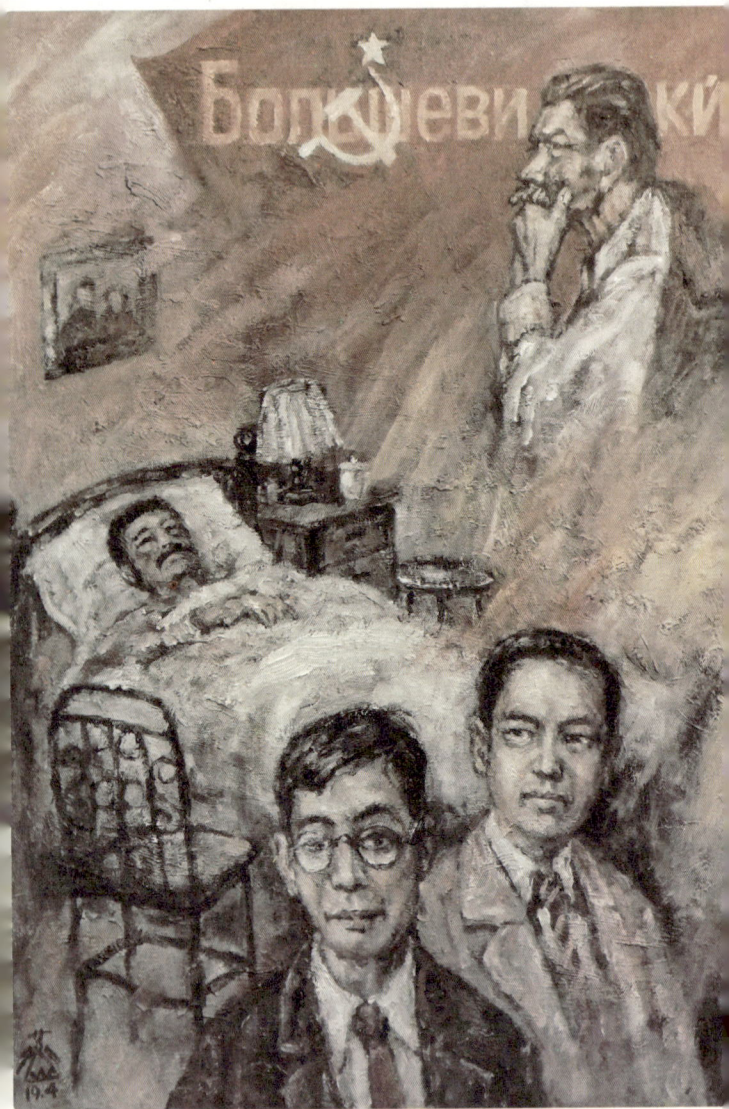

义，不过是给物质史赋予了意义。而给历史赋予意义，正是德国理想主义的做法。唯物、唯心，是日语的翻译，反映了非此即彼的思维。鲁迅不堪周扬等人"摆布"，也抱怨"替雪峰做事真难"，对唯物史观却是深信不疑的。

哲学与政治

鲁迅没有自己的政治哲学。唯物史观，对他来说，是文学史的事。他的"生存哲学"，也只是应付一时的。

和郭沫若一样，他也在尼采的镜像里，看到了自己。辞去教职，专事写作。后来他只写杂文，也能看到尼采的影子。尼采让他找到了适合自己的文体；这是卷二的后话。坏处则是，掩盖了零碎的思维。步尼采的后尘，就可以永远打游击战，而不需要任何全面的理论或政策。多轻松！

尼采当然是有理论的。可他的政治哲学，是那样地脱离现实。前辈如胡叟，也还是有实际可行的政策的。尼采，则由远离政治的希腊文教授，更进而成了云游四方的流浪者。他是看到了胡叟政策的问题没错，可他自己的超人论，则是完全没有公共政策了。他的著作，不但留下了万能引语的笑柄，更助长了哲学家对现实的冷漠。

再后来，哲学系就彻底不谈政治了。西方的民主政府，不需要哲学家对政策指手画脚。而哲学教授们，也陶醉在自己写的论文中，不再记得苏格拉底的初衷。

———— ❧ ————

尼采，不是还有语文学家的一面么? 周树人，不也有个兄弟，叫周作人么?

且不说唯物史观的好坏，能知道自己的观点，是鲁迅的长处。周作人是学过一点希腊文的; 兄弟俩拼起来，差不多可以窥见尼采的全貌。他的路数，却很奇怪。他的方法，不是比较语文学的。因此没学过拉丁文，也不可能扎实地掌握希腊文。他那欧洲文学史讲义，连自己都说是为了在北大开课，现学现卖。而古典的部分，就像是抄来的。对学术史感兴趣的读者可要小心了，民国前后成名的文科学者，往往不是因为学问。那时，有机会出国、念学位的人本来就不多，而文人的圈子更小。

他学希腊文，起初是为了翻译新约。新约出于众手，自相矛盾之处不少。其政治意图，是借基督教以控制罗马帝国。思想上，只是犹太教的旁门左道，更无法和希腊、罗马的古典作家相提并论。

为什么不带书名号？因为新约并非一本书。究竟包括哪些篇目，各派有自己的理解。4世纪后独尊一家，是权斗的结果。

最有意思的，是周作人对神话的执念。神话，在古典作家笔下，只是叙事而已，原不必区分真伪。神话一词，是现代人强加给古代叙事的判断。❧

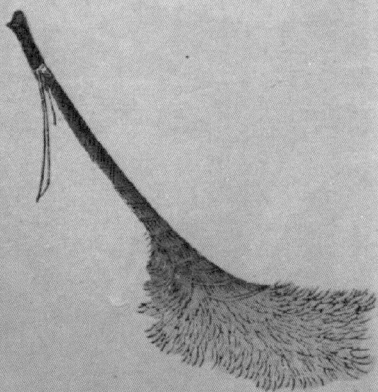

擁篲

十竹齋

卷二

怎么又是小说?

　　"一札一札的旧小说，看起来也够受了。"

这话，出自一位文学史学者之口，在今天是很难
想象的。

可鲁迅，并不是什么今天所说的"学者"。那时
候，生产线式的科研，还远没有蔓延到文科。在
牛津，拿出版物衡量一个学者，仍被嗤之以鼻。
鲁迅本不必做这不喜欢的事。

既然不喜欢，为什么还要写小说史呢？

鲁迅晚年的收入，看上去是不少。可要是算上家人、物价、接济，就像他自己说的，不穷也不富。而在北京的生活，比不上搬到景云里后的日子。1920年，周作人应下了小说史的课，想到鲁迅做过"古小说"的辑佚，又推给鲁迅。鲁迅虽在教育部任职，恐怕也不愿放过这额外的收入。

但他不是没有犹豫的。辑佚、校勘，是"公余"的兴趣，也用不着出版。看什么书，有很大的自由。一旦教起书来，若要尽职，就不得不面面俱到。好处则是，有了一部讲义后，就可以到处讲。后来，鲁迅开始在更多学校兼职，讲的都是小说史。这在今天，算是走穴了吧。

论赞：文学的科学

谈论文学的人，都是科学家。

文学，在汉语里，当然有它原本的意义。现代汉语里所说的文学，却是另一回事。今天的文学一词，可以追溯到17世纪的汉译；但直接的来源，还是日语。文化、文明，都是如此，这样的例子比比皆是。

读者可要小心了，语言间的接触是复杂的。日语里"文学"等词，虽说来源于中国古书，表达的却是西方的概念，思维也是现代的。什么样的思维？若将文学二字分别译成德文，得到的复合词，就是文学的科学。文学一词，背后藏着的，是科学思维。鲁迅说，文学家是学者，文人是创作家，也是看清了这点。

谈论文学、甚至文学性，背后的思维，都是将它当作科学来研究。

文学史，是这种思维的重灾区。文学史的规范，是一位科学家定下的。同样是在17世纪，培根说，没有文学史，所以要写文学史。怎么写？从最早的时期开始，读每个世纪主要的书，步步为营，厘清其间的传承，最后召唤出每个时代的灵魂。这个灵魂，就是现在人们喜欢说的文脉、文学性。培根的教条里，是不是看到了钱钟书的身影？可见，科学方法深入人心。

还没完呢，培根可是要将所有国度的所有知识，都做成历史。这么做的目的，则是帮助饱学之士利用知识。所谓饱学之士，就像培根一样，当然是贵族了。

然而，培根自己也说了，做文学史的人，受时间限制，必须跳着读。即便如此，他的精力，也还是得分散到各个时代。这对作者来说，似乎不要紧。可读者就受到了误导。均衡地呈现每个时代，就造成了渐进演变的假象。说到底，还是人为地在给历史赋予意义。这种平均的叙事，也让读者看不清作家中，那少数几个卓尔不群的人格。

历来写文学史的人，不敢越雷池半步。要说有什么变化的话，那就是，科学家和贵族换成了大学教授。毕竟，即使研究对象是文学，人们很少将科学当消遣。文学的科学，只能靠大学的薪水存活下去。

在日本时，作为读者，鲁迅看文学史，只是为了知道外国作家的为人和思想。这应该是文学史最好的用途了。在平均的文学史叙事下，读者很少会关注作家的品行。不同作家的品行，往往有天壤之别。读品行卑下的作家，很难说不会受到一些同化。鲁迅没有让文学史左右自己的阅读选择，又能利用文学史，甄别他译介的作家。

鲁迅的小说史，就是他的讲义。他的角色，从读者变成了文学史的作者。科学研究，是不管品行的。任何相关材料，不论谁写的，都要去看。写文学史，就得读遍所涉及的作家；读不完，就跳着读。这样的角色转变，当然是不好受的。以前，看不上的作家，可以直接不看。现在呢，被逼着看自己不甚欣赏的人物写出来的东西。"要不这样，怕不久便会于饭碗有妨。"同时，又有时间压力；读书再没什么趣味可言了，"有时还很苦痛，很可怜"。于是，就有了开头的抱怨。

同样在作家、学者的身份间彷徨的，还有1930年的茅盾。那年，流亡日本的他回到上海，借住在法租界。景云里，是华界。周围一带，则是半租界；也就是鲁迅笔下的"且介"。茅盾很早就在商务印书馆工作过；许多认识他的职员，也住景云里。为了避人耳目，他仍将自己的家借给冯雪峰住。自己因为被通缉，只好搬到租界去。后来住的愚园路，也是越界筑路。

不能公开找工作，就只好卖文为生。茅盾写过革命经历的小说。谁知这次画风突变，竟写了篇历史小说,讲的还是陈胜、吴广的起义。这在当时,是极为不寻常的。

茅盾感到了左联的压力。左联的风尚,是无产阶级文学;左联的作家,却没有一个是无产阶级。茅盾当然不会有工农的经历。写历史小说,就能解决这个问题。

近年来的做法,是借历史题材,讲现代故事。布景、人名、道具,是古代的;人物的内心,却是现代的。这么做,是因为历史题材卖得好。至于史实究竟如何,是不在乎的。就是现代题材的小说,只要冠以古代的篇名,仍可以增加销量。

茅盾当然不是这样的。尽管是写小说,他先用了两三个月的工夫,研究经济、思想、制度。这是其他作家不愿意做的。

这时,从多伦路逃到日本的郭沫若,正在研究古文字和古代社会。后来他在国内写的历史剧,却和日本的研究没有什么联系。他说,创作史剧前必须有研究；史剧的作者，必须是所处理题材的权威。这些是不错的，也正道出了当时作家不敢碰历史题材的原因。但他又说，以正确的研究推翻史案，是创作史剧的主要动机。这就解释了他的史剧与古代社会研究间的鸿沟。郭沫若的史剧，是应景之作，往往为了宣传某种精神而去翻案。他研究中国古代社会，则是为了给他的革命理想提供佐证，而套用美国政客摩根的人类学理论。这位摩根，当然来自那个银行家家族。

十年前来过上海的罗素，也是这样一个人。后来靠清华庚款去哈佛的王浩，就深受其苦。他不听老师沈有鼎的话，执意要学时髦的数学哲学，以为可以解答人生问题。到了国外才知道，罗素的数学和社会评论，是"各自为政"的。数理逻辑的职业，让他一生都不怎么开心。他的几段婚姻，也和罗素一样短暂。

1930年的茅盾，因此显得难能可贵。这一年，他不但回到了妻子身边，更成功结合了作家和学者的身份。作家的自由，使他不受学术思维的束缚，而能结合自己南昌起义的教训，现实地审视一场农民起义。茅盾说，秦末农民起义，是富农窃取了失地贫农的胜利果实。他的见地，是书斋学者和左联诸君比不上的。

⁓

学者与作家

和文学一样，学者这个词的风行，少不了日语的关系。指的，当然是西方的现代学者。

现代学者，说的是经过统一训练，取得博士学位，然后以不断生产论文或学术书为生的人。这些出版物，有统一的写作格式，学者因此有统一的思维方式。

和作家不同，他们写文章，会时不时地停下来，将次要的想法，写在一页纸的底部。他们的次要想法，往往多过主要想法，密密麻麻的注释，也就常常占据半壁江山。他们写起书，则会将次要的想法，记在书的最后。读者看书，也就不得不用上两根书签，往返于书前书后。

他们信仰的，是学术面前，人人平等；因此会看遍研究同一问题的所有文章，并一一引用。写论文时，学术道德，是唯一的道德；引用的时候，不该关注作者生活中的品行。他们的语言，是无我的；不用第一人称，显得更客观。他们的出版物，不接受公众的检验；同行说好，就是好的。

一辈子用这样的方式思考、写作，可是不小的付出。人们为什么还愿意做学者呢？或是为了"饭碗"，或是为了与年轻人接触的机会，但都有一个共同的信念：学术本身，就是值得奉献的。

作家称不上学者。毕生研究某一作家，却能成为学者。现代学者出现以前，作家同时也可以是学者。生产线式的学者，是德国的发明。好处是，科研的机械化，提高了效率；不带情感、不带偏见的学者，也更易于大规模管理。

然而，19世纪末以来，科技越来越复杂，企业设立了自己的研发部门，以提高生产率。另一方面，各国政府也开始资助私企，或是开展国家层面的攻坚。这些科研成果，往往是商业或国家机密。开放式的学术期刊，渐渐在科研中边缘化，却又因为决定了学者在大学中的升迁，而被保留下来。大学科研，如何实现成果转化，也因此在国内外成为焦点。

作家呢？他们忙于"读世间这一部活书"，自然不可能献身学术了。

看书，则讲究眼光、品味，只读他认为好的。为生计而作的论文，更是不入法眼的。可这么一来，当然就不能号称博涉四部、兼通三教了。还会受到学者的质疑：凭什么没看过，就说不是好书？答曰：靠翻书。有鉴别力的作家，值不值得看，一翻就知道了。而不少书，单凭作者或书名，就能知道内容的优劣。歌德就喜欢用随机翻到一页的办法，来判断书的好坏。

尼采不是说么，歌德对古代的了解，当然不如学者多；可足以和古人争锋的，也只有歌德。

出于对学术的执着，学者会为了一篇书评，连篇累牍地想要说服对方。最后呢，往往谁也说服不了谁；可见，学术的客观，也是因人而异的。作家佩服学者的执着和闲情，无奈现实问题太多，让他无心恋战。

社会中的现实问题，喜欢跨越老死不相往来的学科，就像故意在和学术分科作对似的。学者的应对之策，是不为所动，潜心于自己的学科。作家呢，只好不揣浅陋，去一一研究那些学科。一个人，怎么会有时间，研究不同的学科呢？学者疑惑。

作家的研究，当然不是事无巨细的。要那样，是皓首不能穷经的。作家必须迅速摸清一个学科的研究方法，然后借以检验各路理论背后的方法，判断是否存在漏洞。虽说自己谈不上精通这个学科，却能利用各路专家，形成独立的见解。接着，他要权衡不同学科的视角，在利益取舍间，找出最适合公共政策的方案。而这个方案，还得用一般读者愿意读完的自然语言，在极有限的篇幅之内，传递给公众和决策者。

比方说页岩气。作家的工作，当然不是去掌握开采的每一个步骤，做个油气学者。而是通过熟悉现有的技术，排比其他国家的经验教训，结合本国地质状况和能源需求，来评估公共政策对公众、环境的风险。

从今年的情况看，这种评估是具有前瞻性的。

见光明网《开发页岩气，切勿因小失大》

到了十月，茅盾就意识到，作家和学者的合体，必须解除了。研究整个农民起义，需要两三年的时间，自己却"无两、三年之粮"。看来，作家要想兼做学者，又不甘心写学术书和论文，那非得是贵族不可了。茅盾花了一天时间，写了揭竿起义的短篇卖给杂志，草草收场。

鲁迅和学者的决裂，早在1927年搬到景云里的那一刻。

鲁迅兄弟在日本翻译的，是小说。从日本回来第二年，鲁迅开始做"古小说"的辑佚。他在《新青年》的成名作，也是小说。后来四处兼课，讲的又是小说。

怎么又是小说？

写小说，鲁迅说，是因为做论文，没有参考书，翻译，没有底本——1918年，他的家还在绍兴，自己则住在北京的同乡会。这当然是托词了。从景云里搬到拉摩斯公寓后的鲁迅，在回北大演讲时，就诚实得多。当时的他，早已站到小说家的对面去了。

他说，五四前后他们提倡小说，是因为看到，"西洋文学中小说地位甚高"。

过去一百年，中国文学，就这样活在了西方小说的阴影中。

什么样的小说? 鲁迅的认识，在景云里的圈子里，是有代表性的。刚到上海时，他就去还在真如的暨南大学，讲过这个问题。他说，"不满意现状的文艺"，是19世纪才兴起的，和18世纪以前的文艺不同。什么是18世纪以前的文艺? 鲁迅的理解，就是供贵族消遣、"愉快风趣"的18世纪英国小说。只有19世纪以来的小说，才和人生问题有关，是可以师法的。

不满现状，怎么办? 鲁迅学到的做法，是取材于"病态社会"，引起注意，以"改良这人生"。

对，你没看错，他说改良人生，而不是改良社会。鲁迅的用词，体现了当时小说家的一个盲点。他们想用文艺改变中国; 怎样改变，却是以他们自己的改变为参照的。在一个识字率不足20%的国家中，小说的读者，必然局限于上层社会——那些和小说家一样，有机会接受教育的少数。说改良人生，而不是社会，因为鲁迅并没有改良社会的好办法。他只知道，受过教育的个体，是可以通过文艺来改良的。所以才有了徐梵澄笔下，那句尴尬的"某年，在上海夏天晚上乘凉，还和弄堂左右普通居民讲文学"。

然而真的是这样么？了解病态社会，人就会变好么？

现实与礼仪

一次，在戈登花园上课，我偷闲看了眼犹太人的经解。同学见了，问是不是小说。小说的深入人心，可见一斑。今天，戈登花园纪念的，是沃富等人·的文社。学富五车的莫明理亚诺·，也曾在此散步，却没人纪念他。

小说成了文学的代名词，可不是什么好事。

鲁迅喜欢的、不满现状的小说，就是现实主义。现实主义是哪儿来的？文艺复兴后，西方人放弃了道德理想，转而接受、推崇人性的现状。于是，作家只顾描写人性，以真实为美，而不再思考，如何让人性变得更好。

而自然主义，只是给现实主义，披上了科学方法的皮。这里所说的自然，可不是大自然的自然，而是原始状态的人性。

浪漫主义和它们，又是什么关系？要是看传统文学史，你大概还以为，现实派是反对浪漫派的吧。其实呢，现实派也是浪漫的。他们的共同点，在于给人性的现状赋予了历史意义：当下的人性，是人类历史的产物。所不同的是，从胡叟来的浪漫主义，还追求理想的人性，还有对美的认知；而现实主义，对卑下和丑陋，有特殊的嗜好。

这就是为什么，李斯特的学生为了得到肖邦的指点，就回答说，自己爱读乔治·桑和胡叟。其他作家，是不入肖邦法眼的；李斯特早就透露过标准答案。

奇怪的是，小说家，仍有勇气自封为社会的导师。

描写卑下和丑陋，人就会变好么？传统文学史中，暴得大名的小说家，自己的品行都是不敢恭维的。再仔细看，哦，原来19世纪的法国小说家，清一色是贵族出身。再看英国，多是富商。看来，现实主义小说，是他们用来调控社会风尚的工具。

反过来说，18世纪的英国作家，真的比不上现实派？

傲思定'的小说，至今仍是社交礼仪的圭臬。虽然没有机会接受传统的古典教育，她的教养、为人，该让那些以导师自居的贵族小说家汗颜。今天中西方社会礼仪的缺失，现实主义小说难辞其咎。

见澎湃新闻《当下该从哪里恢复礼仪？》

还是叶圣陶点出了鲁迅的侥幸心理。他说，描写不好的现象，"仿佛觉得"，好的是什么，"就可以不言而喻"。

这真是异想天开。实际上呢，不但小说家自己，提不出有益的社会政策，他们对卑下和丑陋的描写，只会给读者负面的引导和情绪，同时也是作家对自己阴暗面的放纵和宣泄。

在景云里，叶圣陶是个有意思的人。他不大喜欢评论别人的作品；评论起现实派，却能如此一语中的。不但自己创作，还编教材。写小说，也抱有现实派的侥幸心理，可又积极办学校。

为什么他与众不同？因为他相信胡曳的理论：人性本是美好的，只是受到了社会的损害。所以他写童话，关注教育。可叶圣陶不了解这理论的另一半：人的生存，靠的是社会；美好而不用为生存担忧的人性，是不存在的。对成年人的社会，他没有具体的政策方案。

景云里，唯独叶圣陶写成长小说，这也能看到胡叟的影子。

成长小说？茅盾可没听说过。《倪焕之》，是1928年连载的。茅盾在给单行本写序时，批评叶圣陶花一半的篇幅谈教育，"不能不说是结构上的缺憾"。这是怎么回事？赶紧查同一年玄珠所著的《小说研究ABC》，啊，原来玄先生研究小说，是将18世纪的法国整个跳过去的，连歌德都见不到踪影。

署玄珠，署茅盾，都因为沈雁冰已是通缉对象。

为什么不叫教育小说，而叫成长小说？一来在德语中，这个词指的，不是教育的过程，而是教育的结果。二来这个词，在浪漫时期，指的是教养，而不单是学校里的教育。成长小说，讲的是一个人，经过社会的历练而成熟的过程；它引导读者，成为社会的一员。

和现实主义小说不同，成长小说于社会有益。

稿"，2019
彩｜亚麻布
40 cm

《倪焕之》真正的问题，在于它的作者，并没有成长。1928年的叶圣陶，还没找到自己在社会中的合适角色。倪焕之也就必须在成熟之前，不明不白地死去。连成长小说的作者，都无法让主人公成长。那读者，还能从小说中，学到什么呢？

鲁迅并不欣赏叶圣陶的努力。1936年给别人的信里，他说，不喜欢叶圣陶写的"身边琐事"。那是他去世前几个月，早已从景云里搬到山阴路去了。

鲁迅自己的槽点，则是没写过长篇。

长篇的利润

只要是贵族，作家就不需要利润了么？

贵族的特点，和房产商一样：固定资产多，现金少。而要维持贵族的开销，需要的，却是现金。大革命后，法国贵族的土地和收入，受到银行家、富商的挤压，对额外收入的需求更加迫切。就在这时，随着印刷术的普及、报业的兴起，连载小说出现了。

在古代，读者是识字的少数人，而抄书是奢侈的生意。没有任何教益的文学作品，单凭叙事，是很难广为流传的。一部小说，要想获得成功，就得讲爱情传奇。中产阶级的出现，提供了大量的读者，使报纸的盈利成为可能。叠加小说和报纸这两种商业模式，就有了利润更高的连载小说。在报上刊登小说，一方面能提高报纸的销量，同时，也为将来结集出版单行本，锁定了大批买家。而小说拖得越长，报纸的高发行量就越稳定，单行本也就越厚。

茅盾喜欢的大仲马，是早期最典型的商人小说家。这一时期的小说，仍然少不了情感线。然而，品牌一旦形成，作家就有很大的发挥空间。由于作家自身卑下的人格，他用以拖长小说的素材，也就充斥着这种人格。品牌效应，也让仲马可以雇佣写作团队，以他的名字批量生产。

连载小说的商业模式，在半个世纪前的香港，也风行一时。

在欧洲，到了自然主义兴起后，小说家就能单靠品牌营销立足，而不再有任何题材限制了。这种营销之所以会成功，是看准了中产阶级的心理。作为新兴贵族，他们年轻时没机会接受古典教育，靠自己的努力积累起财富。以财富衡量，是跻身了上层社会，却少了贵族用来装点自己的文化修养。要知道，法语的文学一词，在伏尔泰的词典里，指的是通过阅读古罗马作家，所得到的修养。而对工商起家的中产阶级来说，拉丁文，就算是看法译本，也实在是勉为其难。最简单的办法，就是追小说：小说家不是时代的导师么？

小说书以厚为美的取向，就这样像把剑一样，悬在鲁迅头上。

那个年代的上海，商业模式不太一样。报刊被封是常态。即便没触犯当局，排印中的小说，也可能被战火付之一炬。在日本时，鲁迅只爱看短篇。后来写的，自然也是短篇。搬到景云里后，干脆就不写小说了。

由此可见，小说不是真爱。

研究"小说史"，又何尝不是如此？古代所谓小说家，其实是子部的丛钞，和史部的杂史对应。鲁迅做"古小说"辑佚，当然是在传统归于小说家的作品中，看到了西方小说的影子。不过，这种辑佚，还只是个人兴趣。到写讲义的时候，他就开始被西方文学史牵着走，一定要在历代文学风尚的变化中，看到历史的意义。毕竟，北大的系主任马幼渔会提出"小说史"这门课，这背后，本来就是从欧洲输入的文学史思维。而鲁迅自己，又是笃信物质论的，自然不会反对给历史赋予意义。

结果呢，却是两头不讨好。一方面，鲁迅服膺的西方现实派小说家，个个不喜欢体裁的限制。他们说，发展到今天，小说早就没有体裁可言了。这么一来，在中国找西方式的小说，在理论上已是不可能的了，因为根本没有体裁可循。实际操作中，鲁迅自己定的标准，似乎是散文叙事，然后一路朝着现实主义小说高歌猛进。这当然近于西方小说的现状，可中国学者又不乐意了：我们的叙事戏曲哪儿去了？

做这种研究，一则不能按兴趣看书，二则景云里时期的鲁迅，已渐渐从五四的西方小说热退烧，所以转而写短评。

鲁迅做事，多管齐下。推许小说时，不但翻译、自己写，还研究小说史；在上海推许尼采，不但自己写尼采体，还盯着徐梵澄，一本接一本地翻译。尼采写短章，这让鲁迅得以打破小说家以长为美的诅咒。

茅盾也写短文。1933年开始，他就和鲁迅一块儿给《申报》写稿。四月，他们又先后搬进山阴路的大陆新村，做了邻居。几个月前给《申报》的第一篇时评里，茅盾说，要做一个对社会、人类有用的人。

《子夜》出版后，瞿秋白连写了两篇书评，指出是学左拉的《金钱》。这是左拉系列小说里的一本。所谓系列小说，是连载小说的究极体，在一战后尤为风行。读者认准一个品牌后，就会一本本买下去。可以比作是小说年代的《柯南》，但题材却多是卑下丑陋的。

系列小说，以描写一个时代的全貌为己任。实际上呢，取材却是非常局限的。《金钱》就是专写银行家的，《萌芽》讲的则是暴力革命——今天，还有多少人知道，萌芽象征着暴力？茅盾虽说"喜爱左拉"，也看不完整个系列。《子夜》写金融家，他却没读过左拉那本书。

人道主义的政治

今天，大家都知道，人道主义可能被政治利用。就在我写下这句话的时候，美国还在试图借人道物资的掩护，推翻委内瑞拉政府，控制那里的石油、钽铁矿，并以门罗主义阻挠一带一路在南美的进展。

传统文学史上的左拉，是个富有正义感的作家。因为替犹太军官申冤，他一度流亡伦敦。

事情当然没有这么简单。德雷富斯事件，确实促成了犹太复国运动的崛起，并制造了法国犹太人移民巴勒斯坦的动机。事件的起因，却是1882年的一场金融危机和一起庞氏骗局。《金钱》说是写第二帝国，讲的却是第三共和国下的这场金融危机。

引发危机的，是主人公创立的银行。左拉笔下的他，是个反犹的银行家。为了打破犹太人的垄断，他利用非法手段，抬高银行的股价，最后仍不敌犹太人而破产。他的对手，则是以一位罗斯柴尔德家族的银行家为原型的。现实中呢，这位主人公的名字叫帮徒'。他可不是什么罗斯柴尔德的对头，反倒是在后者的铁路公司工作。后来，他却在里昂另起炉灶，为天主教徒和君主派开起了银行。

要知道，第三共和国时期，共和派和犹太权贵得势，教会、君主派则受到排挤。帮徒在犹太人垄断的金融界开银行，吸引了大批天主教徒和君主派来投资。金融危机中，损失最惨重的，也是他们。鉴于帮徒的履历，以及银行的管理不善，罗斯柴尔德似乎是危机的策划者，意图是进一步削弱反对派的资源。

左拉在十年后写的《金钱》中，隐去了帮徒的履历，把这场危机描绘成是银行家间的内斗。

就在金融危机爆发的前一年，前法国外交官泪腮仆厮'，设立了巴拿马运河公司。当这个公司在1889年倒闭时，清算人设立了一个新公司，用来接盘。到了1904年，新公司将运河卖给美国时，从收益中拿到赔偿金的，只有老公司的债券持有人；股票投资者什么都没收回。约80万法国人因此赔了钱。1892年，泪腮仆厮为了这个骗局而行贿法国政客之事，在德屡懵·的反犹报纸曝光——作为泪腮仆厮白手套的犹太银行家，为了自保，向德屡懵爆了料。

犹太银行家在这两起金融案件中的影响，激发了法国民众的反犹情绪。

德屡懵的报纸，在行贿案中一举成名后，紧接着就在1894年开始的德雷富斯事件中，对反犹情绪，起了推波助澜的作用。奇怪的是，德屡懵本人直到1886年，还在犹太银行家卑赖尔兄弟·办的报纸工作，并和他们私交甚笃——卑赖尔也是帮徒工作过的铁路公司的投资者。同时，他又和未来犹太复国运动的领袖骇何辞·互相欣赏。

1898年1月，左拉在苛累忙叟·的报纸，发表了那篇质疑军方的《我控诉……!》，将事件推向高潮。

苛累忙叟，这位后来的法国总理，父亲是投资家；从小接受的，是反天主教的教育。而左拉，尽管在2月就被判犯有诽谤罪，直到同年7月，仍能轻而易举地逃到伦敦。

事件的政治结果是：君主派占优势的军方，威信受损；共和派为了压制反犹的浪潮，达成了统一战线；苛累忙叟代表的激进分子，更是在1906年的议会选举中获选，苛累忙叟也进入了内阁；受银行家青睐的代议民主，在法国确立了不可动摇的地位。

阿尔萨斯的德雷富斯家族，历来很有权势。农产品巨头路易·德雷富斯的创始人，就来自这个家族；这点不容易想到，因为它在中国用了路易达孚的商标。巧的是，今天掌控法国舆论的《世界报》，发行人也叫路易·德雷富斯。

茅盾对金融家的态度，也和左拉不同。

他注意到，金融家对社会的危害，比起逐利的工业家更严重。用瞿秋白的话说，就是"工业资本家斗不过金融买办资本家"，进而导致经济的崩溃。在小说以长为美的压力下，茅盾先是写下了足有五页纸的分章大纲。可他马上意识到，实现这个计划，需要一二年的详细调查，而生活费就成了问题。同时，他清楚自己缺乏军事经验，下笔也最好避开行军的情节。

可以说，茅盾是个张五常式的小说家。他勤于跑工厂，平日留心向各行朋友了解经济状况，回乡仍不忘调查蚕业。写金融家，就托了商务印书馆的同事，带他参观交易所。没亲自调查过，是不愿轻易下笔的。这部小说，也就不得不进一步缩水了。

《子夜》原本也是想边写，边连载的。1932年的战火，却烧掉了商务印书馆的厂。《小说月报》出不了，茅盾只好先写完全稿。

好在一年前，叶圣陶刚刚辞去商务的工作，加盟了开明书店。他说，开明老朋友多，兴趣相投，不信奉主义，不参加党派，只想认真做点事，又都懂得校对印刷的技术。如果说，写成长小说，没能让他找到自我；在开明，叶圣陶终于看清了事业的方向。后来，他喜欢说，自己"第一是编辑，第二是教员"。

1933年，《子夜》以单行本问世。出版社，当然是开明。是这本书的版税，才让茅盾有钱，再一次搬到鲁迅隔壁。

书的读者都有谁呢？除了文人的小圈子，有机会接受教育的学生是主力。陈望道说，这次还多了"资本家的少奶奶、大小姐"，因为写到她们了。那时候，和茅盾一样喜欢自然主义的陈望道，在景云里4号，办了大江书铺。因为出禁书而亏损，书铺在《子夜》出版那一年，被开明老板杀价收购。

将这个题材写成小说，真是浪费了。《子夜》描写的，是真实的金融家、工业家。他们从中只能看到自己，当然也就不可能起任何变化。而学生呢，他们没受书中丑陋描写的黑化，就是万幸了。要知道，成长阶段的学生，往往并没有多强的判断力，尤其容易接受感性的煽动。期望他们从丑陋的描写中，养成善良的人格，是自欺欺人的。

茅盾有跑厂的精力，为什么不将他的研究，付诸实践呢？ ⚘

虚构与逃亡

一些清醒的西方作家说，虚构、非虚构这类概念，只该出现在书店里。

欧洲不少非英语国家，从没想过这样去区分文学。是英美书商，为了便于上架，才发明了这两个奇怪的概念。会这么做，有两个原因。一是小说在西方，几乎成了文学的代言人；文学默认就是讲虚构的故事。二是从19世纪甚至更早开始，人们刻意在培养一种二元思维，凡事都要非此即彼。在这两股势力的作用下，任何不是虚构的体裁，都被塞进非虚构的类别。

茅盾写历史，不写南昌起义，是为了躲过"文化围剿"。以古喻今，是作家的基本手法。虚构则是另一个手段。从最早的时期开始，作家就要用各种手段，躲避迫害。要注意的是，这么做，必然是有目的的。这目的，往往是在一个小圈子里，传播某些思想。这么做的人，就是哲学家了。

可社会不能只有哲学家。具体的政策，还得有人出谋划策。假如只是以古喻今，讽刺一下，其实并没作出什么实际贡献。作家不能都学着哲学家，逃亡到虚构的社会里去。

卷三

文学的语言存在么？

大椿
十竹斋

说起来，梵澄和鲁迅在景云里相识，还是陈望道
促成的呢。

1928年，陈望道请鲁迅去复旦当时的附中演讲。
一位中文系学生，记下演讲稿，投给报纸刊出。
不少今天所说的民国学术著作，其实就是年轻人
的这种速记。文人的圈子小，容易出名；出名了，
就连演讲稿，都能卖得好。有人记下，书店又愿
意出，演讲者也就不拒绝这送上门的稿费了。当
然咯，也有将利润分与速记员的。

另一位复旦学生，则将自己的记录寄给鲁迅过目。那便是梵澄了。

与鲁迅一席谈，促使他写了篇揭露复旦的文字，发在《语丝》上。哦，对了，这本当时鲁迅编着的刊物，它的名字，就像它的文章一样，并没什么深意——还是占卜得来的呢。梵澄的文章，不外是说，教授有文凭没学问，学校管理混乱。这却引起了"复旦当局"的恐慌。附中的一场演讲，竟收到了这意想不到的效果。

———⌒———

论赞：经济与写作

时过境迁，2018年末，黄奇帆在复旦演讲，网上没找到演讲稿。据说，现场只有本校金融专业的学生。

黄奇帆从人大财经委卸任后，这两年，媒体上能看到他的不少演讲稿。这些文章的质量，出奇地高。英美大学训练出来的经济学家，由于发表论文的压力，往往对新古典理论亦步亦趋。黄奇帆的经济学，是工作实践中磨练出来的。正是得益于这种经历，他能辨别经济理论的优劣，又兼具地方、中央的政策视角。

当然，黄奇帆对美国股市机制的描述，略嫌理想化。比如，他一直提倡上市公司回购股票，却不曾提到，近年美国股市虚高，正是由于上市公司趁超低息，借杠杆回购股票，以此抬高股价。虚高的股价，造成了经济复苏的假象。

过去二十年，招股说明书从几十页膨胀到几百、上千页，对业绩数据却讳莫如深，助长了赔钱公司借虚高估值上市套现的行为。

黄奇帆是以特聘教授的身份作的演讲。特聘教授往往在学术上有过人之处，或是能结合理论与实践，在象牙塔之外做出一番成绩。任何学校的学生，都会从他们的讲座中获益。然而，特聘制是少数预算雄厚的大学才能负担得起的。将其他院校的学生拒于门外，加剧了这些院校和一流大学间资源的差距。同时，不让本校其他专业的学生参与讲座，则不利于培养广阔的学术视野。

大学肩负传播知识的社会功用。特聘教授的讲座，理应像巴黎的法兰西公学院那样，向公众开放。要解决场地的限制并不难。可选用大礼堂，同时为本专业预留位子和提问时间。也可为校外学生开辟远程会场，从而避免公共资源的浪费。

学生们能从黄奇帆身上学到的，可不仅仅是对经济政策的理解，更在于如何用精炼的语言，描述我们每时每刻经历着的经济生活。他的演讲文章，一扫经济写作的虚浮，罗列统计数据，提出有效政策。虚浮的文风，在世界银行是出了名的。2018年经济学家柔默从那儿辞职，就因指摘下属的研究，文字拖沓、数据失实。

经济学，就是处于那么个尴尬境地。新古典派极力模仿数学，好让自己更像个科学家；预测金融危机时，最没用武之地的，偏偏也是他们。反过来，满纸数学，却真的使经济学家写不来通顺的句子了。要知道，张五常年轻时那些英文论文，是足以让几乎所有留过洋的文学博士都汗颜的。

今天，有多少经济学家，在念学位之余，肯乖乖把写作学好？

经济与写作，本来是相通的。没在脑子里把思绪理清楚，就写不出连贯的文字。可是呢，迫于升职压力，年轻学者还没等自己想清楚，就被催着发表给别人看了。思考过程的缺失，让他们不得不反刍主流理论的套话，以充字数。而文采，更是要在写通文章的基础上，大量阅读自成风格的作家，才可能有的。

这就是为什么，你每每听到张五常说起他欣赏的老大师们，不忘提到他们的文章有多好。古人下笔千言，不写今天这种零碎的论文。年轻学者呢，却没空这么一本本读过来。他们的时间，都被源源不断的新论文占去了。这也就是为什么，经济写作的拖沓风格，好似有自我复制的能力。

这问题，不是经济学独有的。学校为了追求人才产出的效率，把知识分为文、理，却同时剥夺了理工生写通文章的能力，使他们产生了事不关己的幻象。其实呢，自然科学，是最考验独立思考的。一个人无法理清自己的思路，就唯有接受自然现象的传统解释。然而，基础科学如物理、化学，至今仍像危房一样，缺乏稳固的基础理论。而像哥本哈根诠释，更是直接无视了实证的必要性。

当然咯，现代工程的成就，靠的往往不是对基本现象的解释。不少工程师，也在实践中，注意到了一些基础理论的荒谬。

梵澄写的，是语丝体么？

要说他敬爱鲁迅，文章也就受到鲁迅"熏陶"，当然会有。语丝体，却是不存在的。说到这刊物四年中的变化，鲁迅注意到的，是前期不提时事、多登中篇，原因则不过是"容易充满字数而又免于遭殃"。他着眼的，是写作的意图与篇幅。

一开始，《语丝》是所谓同人杂志。同人，今天指原创作品的附庸，当时只是同好的意思。同好之间，用词、句式会有一些同化，是语言的正常现象。意图和篇幅却不然，因为是作家旨趣的反映。北京时的同人，后来渐行渐远。鲁迅不喜欢被利用，做别人的"炸药"，也不怎么社交。搬到景云里，接手编务后，更是觉得投稿中，社会评论太少。

梵澄呢，鲁迅并不觉得他在学自己，却说他"颇似尼采"。一个月后，又变成了"颇有佛气"。那是1934年的事，梵澄从德国回来一年多了。鲁迅去世后，他就不写短评了。再后来，在印度住了三十年，他的文字，比起当年的语丝体，反倒离今天的口语更远了。

这是怎么回事？文学的语言，取决于作者下笔时的秉性，更要看文章是写给谁看的。秉性是会变的。尼采就不用说了，梵澄的佛性，当然来自那时看的佛经。而读者既然是看报的人，文章的语言也就贴近口语——看梵澄的文字就知道，这一百年来，口语的变化并不怎么大，真正拗口的句子，都来自文人对文学语言的执着。而在印度受教后，晚年著述不再面向普通读者，加上做了书斋学者，遣词造句也就脱离时代了。

鲁迅最欣赏的学生，也是他认识的年轻人中，最熟悉古书的一个。可见，鲁迅反对读古书，确实只是战略性的。在鲁迅眼里，梵澄对现实的把握，足以让他驾驭而不沉迷于古书。他不安于复旦，就是明证。好为人师的读者可要留心了，天赋高于自己的孩子，是最难培养的。这样的年轻人，不但会超出大学所能教给他的，也超出了师长自身的经历。如何保护他的天性，助他走向成熟，是个挑战。

从医学院，到大革命中的武昌中山大学，再从上海出国，梵澄的这些机会，在当时是难得的。他会有熟悉古书的环境，也就不足为奇了。茅盾的学历，就只有预科。他幼年丧父，读完北大的预科，就没钱了。梵澄出入景云里那会儿，茅盾还躲在日本。后来，去山阴路找鲁迅，鲁迅也没向他介绍这位邻居。

1916年毕业后，茅盾靠亲戚的关系，进了宝山路上的商务印书馆。那时候，商务是比北大还要好的地方。胡适曾花了一个月时间，在此调研是否应该跳槽；编译所长的薪水和权力，比文学院院长要好上不少。茅盾看中的，却是涵芬楼。这原是商务编译所的资料室。1926年，以此为基础建成的东方图书馆，向公众开放。毗邻宝山路的景云里，则是前一年造好的。

民国的公共图书馆，一定程度上填补了教育机构的匮乏。依靠图书馆自学成才，金克木是最成功的例子了，连知识结构，都模拟了图书馆。他的方法，是一本本排队读下去；对知识的去取，也就流于泛滥无约。茅盾在编译所的晚辈中，则有葛传椝。关于他，读者记得的，恐怕是钱钟书年轻时，指摘葛氏词典的书评吧。葛传椝能率先在中国介绍英文惯用法，介绍甚至当时还在草创中的语音学，得益于图书馆。

惯用法有多重要？只会语法，没掌握固定搭配，写出来的句子，仍是不地道的。这就是为什么，口语还算流利的孩子，写起书面语来，写一句错一句。而阅读时，看不出固定搭配的含义，即便词汇、语法都看懂了，理解仍会有偏差。中国学生的外语，都停留在这个阶段。传统教学对惯用法的忽视，得改变了。

语音学有多重要？英文教师，很少能区分严式和宽式的国际音标。所据音标，也往往没跟上英语的发展，教的都是几十年前的音位。在这方面，要勤查朗文、剑桥的发音词典。语调则与表意挂钩；用错调，就会造成误解。而英语中的弱读词，也几乎是固定的，更需要全部掌握。少数聪明的孩子，当然能通过长期浸入来模仿，但一则没效率，二则难免挂一漏万，留下破绽。

不过，今天仍翻印蓝传棃的词典，就是商业噱头了。他记录的，是那个时代的惯用法，而语言永远在变。他的词典，可以用来研究他那个时代的英文，却无法准确反映今天的语言习惯。近几十年对词组学的研究，尤其是英文辞书学的突飞猛进，也使描述更加精准了。

大学的公共图书馆

和讲座一样，大学图书馆，也应当对公众开放现场阅读，同时与公共图书馆建立馆际互借。这样一来，公众可以通过地方或社区图书馆，借阅大学图书馆的藏书。而遇上本校馆藏已被借阅，学生也不用出校门，就能借到其他图书馆的副本，达到资源的最大利用。这个体系，美国一些州做得最为成功。读者在州内跨馆借阅，一般不会产生额外费用。在中国，只要互借费用实惠，就不用担心藏书较多的图书馆人满为患。

这个模式，在澎湃谈过一次。这些年，派去美国学习的教授也不少了，却很少提及如此优秀的馆际互借体系。看来，非得是每天借十来本书的学生，才有切身体会。所以不妨再谈一次。

世界各大高教出口国都待过，就不难做出结论：在英、德、法的大学，要借到任何想借的书，而又不产生大量额外开支，是不可能的事。就连牛津这样的学校，也时时捉襟见肘。

饱学之士往往不在大学教书。他们在学校图书馆的存在，无异于向学生示范了多样的学术观和生活方式。我在大学时，就遇见一位自称荷马追随者的大叔，对那两部史诗烂熟于心。凡是荷马史诗的课，少不了他的身影，还能用证据说服教授。我在图书馆的小桌子，紧挨着一个陌生姓氏。一年后才知道，那是隔壁研究院的教授，学风比我的教授更为雄奇，于是从他问学。另一位学者刚刚退休回乡，给我单独上了几次课，传授了她借以成名的抒情诗。这些，在森严壁垒的大学图书馆，就没有可能发生。

若是担心名校图书馆沦为景点，一方面可以像大英图书馆那样，为读者办理现场阅读证；一方面严格执行馆内守则，取消喧闹者的阅读资格。至于不少大学担忧的安全责任问题，则需要制订相关法规，按公共场所事故处理，以反映大学图书馆的社会功能。这样，一些学习能力超前的中小学生，也能在大学图书馆找到归依；而不至于学有余力，却因条件限制止步不前。

馆藏的定位是什么？临时政府成立之初，蔡元培说，是为了"有志读书而无力买书的人"，或是保存善本，以供研究。今天的情况不同了。20世纪前的基本经典，可以从网上获取。善本书的收藏，已相当稳定。大学图书馆，需要致力于提供尚在版权期内，而普通读者无力大量购买的学术书。

然而，西方一些出版巨头，正是看准了大学图书馆对学术书的刚需，哄抬书价，书的质量也变得良莠不齐。今年3月，倡导学术成果开放获取的加州大学，不满于爱思唯尔对论文的垄断，中止了合同。而几百所德国、瑞典大学，早在2017年，就组团停止了与爱思唯尔的合作。对于纸质书，大学也应当组团议价，避免高价学术书这个无底洞。

1932年烧掉的，不止《子夜》的稿子，还有整个东方图书馆。

图书馆，对文学的语言，有什么影响？中国的古书，茅盾在家里就读过了。他写小说的语言，是最接近口语的，因为要顾及销量。可是，这种语言，既不全是口语，也不是书面语。茅盾的小说，不如口语简洁，喜欢过度描写。这当然是学了西方小说的榜样——要真实！他用以描写的词，却又是传统书面语中没有的。结果就是不中不洋、不文不白也不精炼的叙事。

茅盾的文学评论，是最别扭的。如果说，小说还能模仿口语，这次，他连样板都没有了。他当然读过西方的评论文字，但仍是没能借鉴出一套既有对话的生动、又有文论深度的文体。还是通俗读物的语言，最适合茅盾——平铺直叙即可，用不着过度描写，这和晚年写回忆录是一个道理。

与他形成反差的，是金克木。金克木也写自己，却不是平铺直叙，而是既生动又有趣。怎么做到的？他虽说"搞的是政治"，可从不让任何抽象的教条窜进自己的文章、生活。他能将平凡的生活，活得有趣，他的笔下也就充满了生机。你甚至看不出他写的是民国。看林徽因的故事，你会一眼认出，那是20世纪初的伦敦。金克木的"友情"呢，竟像是发生在我们身边。在他的故事里，连吴宓教授都那么理性。

能靠自学成才的，毕竟只有他。别人，怕是只好在学校里，从教科书上，学到文学的语言。而叶圣陶，看到了这个市场。他曾不无得意地说，小学课本的销量一定高于小说，影响也就更深远。

如果说《开明小学国语课本》还能当儿童文学来写，到了中学，可就问题重重了。还在商务时，叶圣陶已编过中学国文课本。说是国文，竟还包括了外国作者。这当然真实地反映了翻译体在文坛的地位；从国文教学的角度，却是本末倒置，为了灌输现代思想，牺牲了本国语文的培养。后来在开明同夏丏尊合写的《文心》，以及夏、叶诸君的其他同类著作，问题则在于试图教人写作。写作课，听上去很有道理，但实际上从没成功过。当时的作家，没一个是课本教出来的。这也是为什么，古时候，不重视童蒙课本；大家都知道，要想下笔，只有多读一条路。与之相映成趣的，是今日书商对民国课本的追捧。

这两个问题，集中体现在了一年后的《国文八百课》里。这本书古今中外混编的做法，还回避了怎样处理文言、白话的关系这个困难。这种回避，延续到抗战时，就产生了独立成编的《开明文言读本》。由此，又引出两个新问题。

选文的编排，不按时代，按深浅。这么做，看似循序渐进、科学合理，实则剥夺了学生的语感。为什么？一代有一代的词汇、句法。无视语言的发展，将所有现象都放进一个虚构的体系，违背了语言的实际。历史语感的缺失，是学习任何语言的致命伤。虽说文言的发展不规则，却仍是有迹可循的。

读本、文选的体裁，平易近人，所以利润好。可

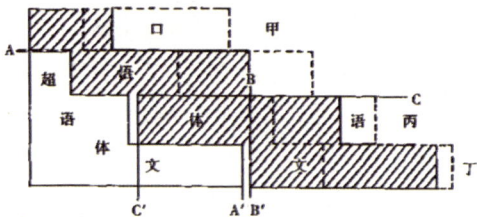

吕叔湘战乱中画的图，胜过连篇累牍的解释

牺牲的，是连贯阅读的能力。而没有大量完整的阅读，就无法吸收作家的文风。后来，作家少，学者多，恐怕得归咎于这种注释体。

当时的文人编教材，很少看到跳出这个框框的。商业压力是一个原因，但也是圈子小的毛病。切磋不是没有，但还是互相捧场的居多，也就容易形成思维定式。

———

吕思勉

吕思勉同这个小圈子的交集，今天还为人记得的，要属他1949年给叶圣陶、周建人的那封信了。二人是商务的同事，也都在景云里住过，这时又一起任出版署副职。

在那个时代，吕思勉是个很特别的人。

作为学者，他不但关心社会，还能提出政策。他的政策，却是用学术的语言和篇幅写的。读者是谁呢？发表之后，也无从顾及。他对民国政府的态度，是消极的。他说公共服务应该由私企提供，就是因为看到，当时的公立机构，服务意识不高。他没想过，公立机构的员工，不是一开始就存在的。一个新社会需要时间，通过教育培养礼节，并使新的行业走向成熟。

他给叶圣陶他们的建议，和他建国后的其他几封信一样，在当时的环境下，都没有付诸实践的可能。他关注的，只是政策的优劣，而不考虑经济、政治上的可行性。

吕思勉的著作，学术书用文言，通俗读物、讲义则接近口语。这是个假象。从学生的笔录看，他讲课时，说的仍是文言。讲义中的白话，可以看作是对口语的模拟。其中不自然之处，想必即来源于此，而并非时代差异。

他对康梁、章太炎的品评，入木三分。而"此外徒读故书，贩译新说，自己并无心得"一语，在当时更是独步天下。对西方知识的理解，却极为轻信、肤浅。这就是不能真正阅读原文的弊端了。

叶圣陶最有益的作品，还是小学课本中，他自己的创作。配上丰子恺的画，又免受现实主义的侵蚀。刚开始写理论书时，他也会像写故事似的创作一遍。

而景云里的理论家，要数陈望道了。

1930年前后的理论，笼罩在西方二元思维之下。无产阶级文学已说过了。陈望道领衔的理论，叫做大众语。这个概念，简直和之前那个口号如出一辙：大众语是无产阶级的语言，其余的都是资产阶级的语言，所以文学要用大众语。然而，大众语的理论家中，并没有无产阶级，也就没人知道怎么说大众语。想单靠理论，变出一种不存在的文学语言，是不可能的。

同样的，还有手头字。简化汉字，依据古本字、历代俗体，尤其是草书，称得上是创造性的继承。但手头字呢，说的却是日常手头上的别字，是要用来"打倒汉字"的。他们要将汉字罗马化、拉丁化，于是就学着欧洲，在词中间加上空格。如此荒唐的想法，也只有没亲眼看过古罗马时期拉丁文的人，才会有吧（见书前的两行诗句）。

再后来，陈望道热衷于文法、语法之争，也就没什么奇怪了。

修辞与创作

刚上大学时，修辞课本琳琅满目。好在看了葛传椝。他说，可别被骗了，英文所谓修辞书，不过是作文书的意思。

提倡拉丁化而不看拉丁文的人，自然不会听说过古典的修辞理论。在陈望道之前讲修辞的唐钺，他的理论，还真的就来自一本英文作文书。到了1931年，陈望道躲在山阴路的四达里，整理他的修辞学讲义，则加上了日本教授的教诲。一年后，书就在景云里的大江书铺出版了。

这本书，只是英文作文书的翻版，和西方传统的修辞学没有任何关系。为什么这么说？传统修辞学，和演讲的语境密不可分。而演讲，是政治行为。想要善用修辞，先得了解演讲的意图和场合。陈望道不但只讲写作，他所说的修辞，也只局限于遣词造句。他所究心的修辞格，却偏偏是古人认为教不会的。一门深刻的学问，就这样成了文字游戏。再加上书里许多内容，不过是语言自身的属性，陈望道的修辞学，就像作文书一样，是东拼西凑出来的科学。

这类书，按鲁迅的说法，专掏青年腰包，却无法教他们创作。

修辞的害处，还远不止这些。音乐的修辞化，首当其冲。茅盾说，想写一部都市和农村的交响

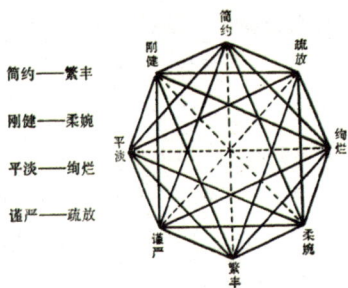

简约——繁丰

刚健——柔婉

平淡——绚烂

谨严——疏放

陈望道书里的这个图，堪比犹太思想家白衲得谛·

曲。不是真的交响曲，而是小说。他知道什么是交响曲么？20世纪初的欧洲，作曲家销声匿迹。新的时尚，是做指挥家，巡回演出，并将古人的作品，录制成唱片赚钱。茅盾不在乎还有没有人，写得出合格的交响曲。对文人来说，艺术音乐，不过是点缀。音乐的修辞，让语言的格调更高。

按这个逻辑，读者手中的这本书，怕是得叫做景云里主题的变奏了。音乐的修辞化，不光是拿音乐的术语装点语言，更是音乐本身的语言化。强迫音乐作出语言表达，艺术音乐从此变得不再好听。这个趋势，直到近几年，一位英国犹太小作曲家的出现，才稍稍扭转。她的路数，是古代意大利的。

逻辑与编程

谈过语法、修辞，当然也就少不了逻辑。

1932年开始，叶圣陶等在杂志上，替文章看病。鲁迅说，那是"国文教员式的人"才干的事；司马迁的逻辑，要找，也能找出"不通"的地方。然后话锋一转，就谈政治去了。

在古典传统里，逻辑只是修辞的工具。为什么？一来想要用好逻辑，就得先有正当的意图。二来以理服人，不过是语言的用法之一，也并不总是有效。人们会互相指责逻辑不通，就是这个道理。

这些年时髦的形式逻辑呢，本质上并没什么创新，只是披上了数学的皮。为什么要这么做？文艺复兴以后，人们不再努力提高自己的修养，转而向人以外的物质世界寻找意义。于是就有了数学的物理。它不但让物理脱离现实，还想在数学中寻找普遍真理。而形式逻辑，就是这风尚的极端形式。逻辑学家谈方法论，看上去好像立于科学的顶点，却和现实无关。

程序语言不是语言，而是对电路的模拟，所以能提高效率。那些脱离现实的数学、逻辑理论，对编程，当然不会有什么影响。但也正因为程序语言不是真实语言，编程并不会让人说话、写作更有逻辑。语言的逻辑，要受情势的制约，而逻辑也不过是语言的工具之一。编程培训，能为国家增添技术人员，却无法教他们写作或为人。年轻的读者要小心了，走什么路，别被一时的风尚所迷惑。

说到逻辑，怎么能不提王垠呢？

王垠，可不只是个编程高手。他还是个优秀的作家呢。尽管不靠卖文为生，他的阅历和文笔，是书斋里的作家、小说家不能比的。

他的自传体文字，放在一起，就是部绝佳的成长小说。读者应该记得，19世纪所说的成长，不单是在学校受教育，更是一个年轻人，经过社会的历练而成熟的过程。从川大，到清华，到康奈尔，到印第安纳，再到实习、工作，他从未停止对教育和社会的反思。

现实派的小说家，不也描写现实么？王垠并不止步于现实。现实逼他抉择，他却没有失掉对真理的信念、对品行的坚持，总能做出让人赞许的决定。为了这些决定，或许需要付出更多；换来的，却是对人生、爱情、承诺、责任，还有对人与社会关系的成熟思考。

喜欢在汉字间加空格的胡愈之，还编了《鲁迅全集》。

这是1938年的事，离开当事人去世，还不到两年。这次，胡愈之怎么那么有效率呢？不用说，是因为没给鲁迅的文字一一加上空格，再改用"手头字"排印。舍弃提高效率的创新，效率反而高了。

拉丁化，就更别提了。创造一国的文字，只在以色列的弹丸之地成功过。而采用的文字，也仍是犹太人传统的；犹太移民，又正好来自不同国家，需要共同的语言。鲁迅说废除汉字，只是政治口号而已。

谈论语言政策，描述和规范两派，从来都是此消彼长，却不可偏废的。胡愈之诸君，就是只看到描述的一面，才闹了笑话。他们注意到别字横行，就推广别字，却没想过，那只是因为教育不够普及。后来的第二次简化，则是规范太超前，突破了语言的辨义能力，反而制造了理解障碍。

还有就是语体的分别。将生活中的、个人的别字，推广到各种正式语体，就会造成他人的误解。这也就是为什么，胡愈之会不得不加空格——因为语言的清晰表达，已受到威胁。然而，简短的汉语词组，让中国人天生就有分析句法的能力，并不需要什么空格。这种能力，却是建立在汉字的辨义功能之上的。胡愈之破坏了汉字的辨义功能，只好盲目寻求外援，却因此步入了恶性循环：给汉字加上空格，反而阻碍了中国人句法分析的本能，进一步降低了阅读速度。他的创新没有市场，是很自然的优胜劣汰。

今天，不少学者毕生以研究某人为业，全集也就层出不穷。一来是需要出成果，二来全集应该也还能盈利。连鲁迅笔下只跑过几次龙套的谭正璧，这几年也有了集子。替鲁迅编集子，固然是尊师，固然有政治意图，可在当时，却是重大的项目。

虽说一年前就出了日文版，中文版的《全集》兼有在战乱中保护遗稿的目的。而一旦印行，就对文学的语言有深远的影响。莎士比亚全集的第一版，也是去世几年后出版的。完整的作品集，加上经久不衰的推广，让莎剧有了任何作家望尘莫及的影响力。

莎翁四重奏

《纽约客》曾半开玩笑地说，歌德的地位，和莎士比亚相仿，我们知道歌德每一天在干什么，却连莎士比亚是谁都不知道。

这是因为，英国贵族，不想让人知道自己的文艺活动。现实中的莎士比亚是谁？主要候选人，一般是四个，清一色的贵族，其中就有卷二出场过的培根。看吧，他可不会无缘无故，要大家写文学史。发明文学史，就是为了给他自己、或他贵族朋友的作品捧场。结果呢，在文学史的助推下，莎士比亚果然几百年都稳居畅销榜榜首。

这就是为什么，同时代人，竟没人知道这位名人的日常，却有人在他死后，马上替他出了昂贵的对开本全集。

不但如此，他的手稿遍寻不得，也是个谜。唯一据说有他笔迹的手抄本，是成于众手的一部剧。他的其他剧本，大概就是那四人合写的。当然咯，可能还不止四个。深度参与第一版莎剧全集编辑工作的强生·，也一直是候选人。值得一提的是，1616年强生自己的对开本剧集，开了全集出版的先河。而这一年，正是传说中，莎士比亚的卒年。

这就解释了，为什么莎士比亚的词汇能有两万，而同时代、同样篇幅的圣经，却只有区区六千；为什么莎士比亚中的新词，将近他词汇量的10%；为什么他的签名，比起强生等人，如此逊色；为什么英国最好的鲁特琴歌手，竟没替同时代这位桂冠诗人谱曲；为什么莎剧不乏伤风败俗的情节，却被捧为第一。

鲁迅的文字，有怎样的影响？梵澄说，多短句，用字精当，多出之以诙谐、讽刺；形成反差的，是从马、列译著来的，受德文影响的长句、繁文。其实，歌德早就批评过，是德国的哲学教授们，把德文弄成这样的。

周作人的文字，就来自译著。

梵澄将鲁迅的文风，归因于治古学，下笔不多一字的训练，是很有见地的。他还注意到音调的和谐。这就点出了，文学的语言同口语的微妙关系。和口语不同，文学用的是精炼的语言，因而自然会继承文言的字词。然而，这精炼，却要受口语的约束，不致让人误解。能掌握这一平衡的作家，才会找到文学的语言。🙠

文学的译名

每个汉字都有自己的生命。音译时，人们对这生命出奇地麻木。他们甚至想方设法，剥夺这生命，不想让人看出汉字本来的意义。在外交、新闻中，用统一、约定俗成的译名，无可厚非。文学作品里还这么做，就有些说不过去了。

文学的语言，不放过一字，渗透每一个音节。未经思考、没有美感的译名，是文学作品的瑕疵。优雅的译名，念起来和母语相差无几，还能看出作家对人、物的品评。

钱钟书给山潭野衲*、爱利恶德*这对师徒取的名字，再贴切不过了。山潭野衲很早就从哈佛辞职，靠遗产和写书为生。他最看不起"哲学教授"。住牛津，却不教书，在罗马去世。爱利恶德，对他山潭野衲式的迷之微笑印象尤深。

爱利恶德自己呢? 你要是看了传统的文学史，说不定还觉得，他也是个山潭野衲。其实，他是个相当精明的人。这不仅仅是说他的银行生涯，或是作为编辑，知道什么书卖得好。当年，他为了留在英国而结婚；后来，却同意将妻子送进精神病院。多年后，他秘密再婚。这让许多人都误以为，他的妻子，从一开始就是他在菲薄出版社˙年轻的秘书。

同样出自钟书笔下的，还有夏士烈德˙和孟太尼˙。可惜都只是学生时代的昙花一现。这种灵感，后来再也没有了。

雜佩
十竹齋

卷四

作家的合作者在哪儿?

"电影界的道德观念是向来薄弱的；
不必说上海，就是美国的好莱坞
又怎么样呢。"

戏剧一进中国就过时了，为什么没有消亡？

电影，也曾是洪深的首选。1922年回国，他就去
过中国影片公司，还将应聘用的剧本，寄给商务
的《东方杂志》。杂志的主编，已不是杜亚泉，洪
深的稿子也被压下。两年后，洪深靠戏剧成名，
当年的投稿，才被杂志翻出来刊登。十几年后，
替四川北路的良友公司编剧集，他仍说，电影比
戏剧"更能深入民众"。

洪深也是庚款生，学的却是戏剧。

和今天的国家留学基金一样，庚款，理应用来支持工业政策，培养紧缺的技术人员。当时的官费生，即便当作家，也往往是拿到理工学位之后的事。在日本学电机的沈端先，回上海后，还给开明编过物理教材。他参与左联，只是服从组织安排；认识鲁迅的年轻人里，似乎只有这个工科生，没在文字上攻击过他，是唯一能团结他的人。1934年写小说，署上夏衍这个笔名，也起因于上海地下党遭到破坏，而隐蔽中的他，得以接触到真正的工人生活。

作家，还用得着专门的学位？洪深是个特例。生于富庶家庭，他却因为五四的关系，竟没得到任何家学渊源，也因此极易受新事物的摆布。在美国，他执意转学哈佛；在国内，又不忘时时提醒人们，注意自己的哈佛血统——比起同为庚款生的钱钟书，真是不太一样。在大学开设艺术学位，针对的，就是像洪深这样，没怎么见识过学问的孩子。尤其会让本来并不需要学位的艺术家，产生学位恐慌。这就是为什么，今天，连在美国大学教演奏，都得有博士学位。古人怕是如何也想不明白，这个神学头衔和艺术有什么关系。

洪深学戏剧，也不是自己的选择。不了解任何学问，学校有什么，当然就学什么。而清华这个留学预科，能教给他什么呢？文学方面，教授"才薄如纸"，是陈石遗早有断论的。所以只好寻诸课外活动。那时候，五四正好在推广西方戏剧。而戏剧和小说的不同之处，在于可以作为集体的课外活动。集体活动有什么好？洪深说，可以"出风头"。

从小没受传统的教养，到了美国，洪深对自己的品行更加放松了。比起梵澄或是夏衍，洪深在人格上，是缺失的。他所学的戏剧流派，在做人上，也并不能给他什么。倒是他，给了戏剧新的名字。

论赞：戏剧与话剧

话剧这个词，1924年就有人在用了。人们记得的，却是四年后，洪深在餐馆里的提议。

这就是新词产生的过程。一个词，刚开始可能是多个人，同时或先后使用的。他们之间，或许互相借鉴，或许没有。这些人，还不足以将它固定在语言里。若在这时，出现一个同义词，被公众接受、使用，那个新词也就渐渐消亡了。新词想要进入语言，就得有足够多的人用它，而名人的提议，往往会引起跟风。

话剧就碰上了这种机缘巧合。文人圈子小，戏剧的圈子更小。洪深不但已成名，当天在餐馆里的，正是他的小圈子。既然是社交场合，"爱诡辩"的洪深提议改名话剧，田汉等人也就附和。戏剧家们都接受了，话剧这叫法当然就固定了下来。

可话剧到底是什么? 约定俗成的名字, 并不一定是好名字。过去一百年, 人们在话剧、戏剧这两个词之间的彷徨, 证明了话剧是失败的命名。为什么彷徨? 因为隐约觉得, 它们不是一个东西; 觉得有了话剧, 戏剧似乎也还没法废除; 更致命的是, 觉得戏剧似乎高出话剧一等。在国内舞台上, 时髦的是通俗的音乐剧和高雅的歌剧。戏剧? 大家都会想到莎士比亚。话剧? 要是学校不安排集体观看, 怕是碰都不会碰的; 看话剧, 又不能像古典音乐一样, 用来装点门面。

对于不喜欢的诗人, 歌德会说, 这么受欢迎, 自然并非一无是处。他对文人相轻是免疫的。作家们可要注意了, 要是看到哪个网络作家, 比自己畅销, 就该多想想, 他们的作品, 为何更吸引人。营销是一个因素, 但题材更关键。网络连载, 不也冲走了之前畅销书的商业模式? 是不是自己书斋待太久了, 不了解年轻人的生活, 还在写几十年前的事儿? 是不是自己总写"身边琐事", 而没跟上国际政治的节奏? 高产的压力, 或许是新模式对作家的伤害。网络作家, 不能只是放任生长，还得从政策上，为他们创造更好的环境。

话剧为什么不受欢迎？洪深说，话剧是对话组成的戏剧；他自己说出了问题所在。五四诸君，大概受外语限制，目光不免短浅。小说，只学19世纪；戏剧，当然也是越新越好。结果呢，学来的话剧，连音乐都没有，怎么可能和音乐剧竞争，更不用说歌剧、电影了。只说话的话剧，可以说，是反艺术的行为表演。现实中的人，哪有只说话，不唱歌的？就是有，也不那么有趣吧？

后来，夏衍在苏联看了改编托尔斯泰的话剧，注意到演技脱离现实，也认为是不健康的发展。这就是只剩语言的话剧，进一步将表演都语言化的后果。苏联的话剧，和它重口号而轻发展的政治，如出一辙。

早在古希腊，戏剧的音乐，就是必不可少的。这几十年，牛津一直是复原古希腊音乐的重镇。而文艺复兴以来的歌剧，目标不在复原，却称得上对古典戏剧最成功的发展。当时，各种乐器渐臻完美，所表达情感的深度与复杂，已超越语言和肢体动作；通奏低音，则将声乐的旋律，从复调中彻底解放了出来。上卷提到的，古代意大利的作曲路数，正来自一种通奏低音。

这就为什么，蒙特威尔第的《傲而非欧》，虽是最早的歌剧之一，今天上演，还是那么动人（他的名字，是意大利文的"青山"哦）。这也是为什么，那些后来将通奏低音用得出神入化的作曲家，会推崇如歌的触键；为什么巴赫、亨德尔这两个赋格高手，教学生时，用的却是通奏低音。歌德的戏剧输给莫扎特，也是因为同他合作的作曲家，较为逊色。

作家的合作者，多重要。

有了电影，还要戏剧干什么？

确实，若是今天的电影，戏剧不会有市场。只有莎士比亚，还坐享文学史给他的神坛。传统戏曲的观众，只剩下从小看到大的老一辈，或是爱屋及乌的"国粹派"。而话剧，更得营造出高雅艺术的光环，才能吸引到少数观众。事实仍是，年轻人并不把这些当作娱乐，放松时，他们看的，是动漫和电影。

电影没有舞台的限制，任何戏剧能做的，它都能做得更好。这么一来，戏剧只剩下一个存在的理由：演员和观众的呼应。原来演话剧的小剧场，现在成了女团的舞台，正是这个道理。和话剧一样，女团的商业模式，靠的是台上台下的互动。

一百年前，情况却不同。电影还不是今天的电影。连舞台剧，它都没法重现。有声电影，还是洪深在1931年带进中国的呢。这是五四诸君，选择推广戏剧的背景。除了技术限制，还有政治考虑。作为政治运动，五四有压力，和任何旧文艺撇清关系。卷一讲过，景云里时期的鲁迅，也感到这种政治压力。为了打倒旧社会，却因此不得不模拟旧社会。为什么？旧社会有戏曲，说明公众有需求，于是就得有新的戏曲，来满足需求，从而取代旧戏曲。

旧社会有什么，五四就得发明什么，闹出不少笑话。新诗就是个例子。诗，是对文学语言的提炼。要提炼，得先有文学传统。现代营销出现以前，你很难找到敢于无视传统的诗人。中国就不必说了，古代的西方诗人，是博学的。同时，诗是社会肌理的一部分，在社会中扮演它自己的角色。这就是为什么，新诗不可能有市场。你能想象，在笺纸上抄下一首新诗，寄给朋友么？恐怕不那么雅观吧。若要政治正确，笺纸不也该废除么？新诗在社会中，找不到自己的角色；它的语言，又是不文不白的翻译体，拖沓而没有诗的凝练。五四诸君，不乏写不出简洁的文章，却想直接做诗人的。

戏剧呢，却有额外的用处。在那个时代，它还是有力的政治工具。洪深的对手熊佛西，就在河北，开展过农民戏剧实验。他充分发挥了戏剧的舞台优势，将观众与演员混合。"跳出镜框，与观众握手"的口号，更是和女团如出一辙。同时期上海的剧团，还在向市民观众，演无产阶级题材。熊佛西克服了这种错位的问题。在他笔下，戏剧已不是文人自娱自乐的游戏，而是真正成了教育工具。

这么做，并非没有代价。为了实现寓教于乐的目标，就要农民能够接受、欣赏。熊佛西的戏剧，已不是戏剧，而是戏剧化的农民教育。和工农图书馆一样，这不失为对学校教育缺失的弥补。

现实的理想

现实主义，是失掉了理想的现实，卷二已说过。

戏剧也是如此。对悲剧这个词的误解，最能看出理想是怎么失掉的。今天，不论哪种语言里，悲剧都是悲伤的剧。只要情节悲伤，就是悲剧了。古希腊的悲剧，当然没那么简单。另一个译名，叫肃剧。但这不过是亚里士多德定义的字面意思。排比他对严肃一词的用法，你会发现，这个词，指的是富于优秀的品质。悲剧再怎么悲伤，也要看得出优秀品质，才算悲剧。可是后来，古训失传了，作家就天真地以为，悲伤本身就有净化作用。一部无法从悲伤中走出来的悲剧，就像人的阴影，不会让人释然。

2016年柯南剧场版《纯黑的噩梦》的结尾，给不少观众留下了违和感。孩子们净化了库拉索的心，库拉索却没有好下场。不但牺牲，还死得那么折磨。不能让足球停下摩天轮，让库拉索远走他方？凭她的身手，组织要想追杀，也没那么容易吧。

琴酒呢，不但处置了叛徒，还能全身而退。《漆黑的追踪者》让柯南射下琴酒的直升机后，再处理直升机，不得不变化。变化的方式，却不能令人满意。

柯南说，烧焦的白海豚，是回忆。比起同一作者的《魔术快斗12》，这句片尾台词略逊一筹。那集动画的最后，梦魇坠亡，在他的幼子健太赶到前的一刹那，基德用纸牌枪，射走了他的面具。健太自始至终不知道，父亲为了自己的手术费，以梦魇的身份犯罪；他一直想成为像父亲一样的国际刑警。中森警部说，基德没有盗走宝石。白马探却说，不，为了那孩子，他盗走了名为"真相"的梦魇。

被追杀的库拉索，为了保护孩子们，主动成为目标。梦魇却杀了不少合作者；他的死，是情理之中的。即便如此，在基德眼里，对孩子来说，真相还是太残酷。他盗走真相，保护了父亲对孩子的谎言；完成了盗贼的使命，也给观众留下了希望。

对台词，青山刚昌是认真的。

现实中没有理想么?《柯南》《快斗》不仅仅是畅销的动漫。在日本许许多多的畅销动漫中，青山的作品，是绝少的置身于成人真实生活的。柯南当然有科幻、有英雄化。但本质上，就像立川让说的，柯南是我们身边的人。还有哪部动漫，写现实生活而不流于幼稚?

只有现实的理想，才是真的理想。《柯南》也有社会评论。但同时，他让我们对人性充满希望。基德射出纸牌的身影，哀伤而美好的长笛，克制的通奏低音。

几年后，对这集动画的再创作，却过度脱离了漫画原作，台词、配乐都没能把握好"哀愁与美好的界线"。

今天，很难找到更好的文学作品了。

~~~~~~~

相比之下，洪深更乐意同作家合作。他能给作家带来什么？

梵澄1928年那篇文章，幸亏没提到洪深。三年前，洪深在课余，带学生排戏、下馆子。一个复旦学生，也像梵澄一样，在报上质疑他的做法。洪深扬言要打官司，学生只好登门道歉。洪深却说："你得赔偿我的损失。"后来，洪深又为了《复旦画报》的一篇剧评，从江湾赶去找这位已经毕业的学生。这次，却是请他替自己起诉剧评家，"赔偿名誉损失费"。

赔偿多少？都是一元钱。这名义上的金额，最能看出洪深的思维方式。他不但吸收了美国人爱上法庭的习气，连对侵权行为的理解，都是美式的。为什么这么说？在罗马法中，侵权法的本质是惩罚。英美的侵权法，则是为了索赔。同样是私法，前者保护公众的利益，后者着眼于个人得失。20世纪以来，罗马法不再被当作古典学问的一部分。即便在哈佛，洪深也不会有心思，去了解卷帙浩繁的罗马法。他学到的法律，是对个人毁誉的较真。

这和他的文学取向，是相通的。他所学的戏剧，是对舞台上细节的精益求精。刚回国的时候，田汉对排练的随性，让他很不适应。田汉在戏剧中加入直白的政治宣传，反而受到欢迎，也让洪深开了眼界。因为技术派的训练，洪深是作为演员，而不是剧作家，在写剧本。他能忠实重现教授教他的技巧，却对创作的意图，缺乏独立思考。后来，这一点，反倒让他成了左联作家的理想合作者。

1925年，《东方杂志》刊登了洪深的第一个电影剧本。那时，国内的电影公司，还没什么能写剧本的人。洪深当即被明星公司聘为编导。随之而来的，却是戏剧界、教育界朋友的劝告。其中就有卷首那句话，是出自一位复旦同僚之口。2017年的好莱坞事件之后，当年那位教授的话，倒是一点都不显得过时。可洪深呢，舞台上在意细节，

生活中，却并不拘泥于小节。他从不是个顾家的人，西藏中路的东方饭店有他固定的房间。在电影界，洪深如鱼得水。

他做的第一件事，是办学校，培训演员。和茅盾的合作，就是从这时候开始的。前一年，在方斜路上借来的礼堂里，是洪深让他见识了什么是话剧，让他第一次听到了导演这个词。这次，换洪深请茅盾，给电影演员们上课。讲的，却是"戏剧的神圣使命"。

后来的左联，也将电影，当作戏剧的延伸。

短视频

短视频，在商业模式上，并不能取代电影。在艺术上，却是个威胁。

文艺的时间性，往往决定了它的性质。

为什么景云里诸君，不以作画为生?画的本性，是静态的。而革命的躁动，正因为不安于静止，想要给历史前进的意义。躁动的人，欣赏不了静止的美。鲁迅欣赏笺纸，但笺纸上会写字，而文字是线性的、有时间的;外国画，他更是当作语言来读。

比起文章，戏剧、电影不但有时间性，还加上了社交功能。不为社交而上电影院的人，称得上影评家了吧。不喜欢的书，可以直接扔掉（学者不可以）。不喜欢的电影，不大好扬长而去吧。甚至有人想规定，必须听完片尾曲! 如果社交才是目的，就更没理由离开了。若是去古典音乐会的话，还显得自己有修养。这就是为什么，不管什么新式视频出现，一两小时的电影，都不会被淘汰。

洪深的艺术，来自表演。对细节的关注，让他只能把控一两小时的体裁。戏剧和小说，需要不一样的天赋。刻画主人公的品质、行动，舞台技巧或许还有用武之地。可小说恰恰相反，作家要能完全理解主人公的情感，然后，用情感的演进同世事争乱抗衡，不让故事戛然而止。后来，夏衍同时尝试了电影和小说。在当时，它们似乎注定是对立的。

连载动漫的出现，改变了这一切。

单集剧情间没有关联的，当然不算。就像19世纪的连载小说，连载动漫，也是一部长篇。要支撑长篇剧情，就会有情感线。若是单靠黑衣组织，《柯南》就撑不了这么久。不然呢，就会像《精灵宝可梦》或是《龙珠》那样，每一季都得换不同的故事。同时，每一集的剧情，又是独立的戏剧。这样一来，就突破了小说、戏剧间的鸿沟。

最优秀的动漫，能兼顾单集的戏剧性，和整部作品的情感发展。

连载动漫，有两种观众：一集集看的，和跳着看的。为什么？单集剧情的独立性，造成了单集间的竞争。当作者和剧组维持不变时，竞争就异常激烈，每一集都是作者在同以前的自己较量。作者再优秀，也没法在同样题材、同样篇幅下，保持同样的高水平。连载越久，单集间的差距也就越明显。任何挑剔的观众，看过最好的发挥，就很难接受败笔。这种竞争，也包括剧场版间。柯南的特别篇《史上最糟糕的两天》，叙事手法当然很耐看。可同样的手法，用了一次，就不能在柯南剧场版用第二次。之前提到的直升机，也是个例子。

短视频带来了新的挑战。我说的，当然是对原创动画的剪辑。单集的动画，毕竟不是舞台剧，不能要求观众看完。剪辑后的片段，只有短短几分钟，却往往是一集之中最精华的部分。叙事、画面、音乐都做到别具匠心，这样的片段并不多，

若在五朔节听同一首歌，几百年下来，也会发现唱诗班的训练时好时坏。

但剪辑还是暴露了线性艺术的不均衡。艺术音乐也是一样，能做到从头到尾没有败笔的作曲家，是极少的。

从短视频的标题看，有时剪辑者自身并不优秀，更不用说和原创者比了。他们选择剪辑的片段，倒是很准，毫不留情。可以说，短视频给了批评家新的权力。

⌒

1932年前，左联为什么不进军电影？

一来电影方才渐趋完善，还无法完全取代戏剧。同时，电影的生产模式，是重资本的。无产阶级没有资本，就需要合作者。而掌握资本的电影公司，追求的是利润，没理由冒着损失票房的风险，用电影表达政治。当时上海的三巨头里，就有邵氏的天一公司。景云里建成那年，天一公司开在了同一条路上，这算是它们唯一的交集了。夏衍后来说，天一拍片最没底线，"只要能赚钱"。

主动寻求合作的，却不是左联。1932年的事变后，传统影片已不能满足市场情绪。明星公司的老板也不大一样，都是戏剧出身。这时，审时度势，同意洪深与左联接洽，希望跟上民意的转变。当然咯，企业及时转型，都是为了保护销量。洪深呢，左联刚在多伦路成立时，就被田汉拉去做了英文秘书。现在，他成了左联作家的合作者。

夏衍等人也不敢贸然行事，请示了瞿秋白。瞿秋白说，"电影是最富群众性的艺术"，鼓励他们同资本家合作。这话是很有意思的。最有群众性的艺术，竟不是话剧？话剧只用语言、动作，并不能真实地再现生活，演技也容易脱落现实——夏衍二十年后才有的担忧，瞿秋白早就注意到了。

作家怎么同导演合作？他们也是外行。于是就学着洪深，根据导演们已有的故事情节，替他们写出"电影文学剧本"。在合作过程中，听取导演的意见，尽量保留情节、结构，再在编剧会议上讨论、通过。这样，导演觉得原作受到了尊重，提高了电影质量，还能得到"观众和影评人的赞许"。夏衍他们呢，也可以"渗入"一点意识形态。

影评人是怎么回事？作家可是有备而来的。一旦决定加盟，他们就制定了一套自己的转型方案：一是将报刊上已有的戏剧评论队伍，逐渐转向影评；二是将话剧界的进步人才，输送到电影公司去；三是译介苏联的理论、剧本。夏衍说，最成功的是影评，占领了上海各大报纸的电影副刊。明星公司的导演们，又怎么会知道呢？

表面上，影评人是以自己的方式，在和导演合作。其实说不上合作，而是作家不愿尝试新的体裁。为什么这么说？就像一个批评家，如果总是对作家的文笔指手画脚，却拿不出能与作家争胜的作品，就不会被重视。而自己也是作家的批评家，敢于手把手向作家示范怎么写，才会赢得尊重。

影评家，本质上还是作家，表达方式还是文字。毕竟，要用电影的表达方式，来和导演合作，就得从零学起。没有夏衍的天赋，作家可不愿轻易冒这风险。

欧阳本义就是个例子。他是从瞿秋白主持的上大社会学系毕业的，写小说。洪深找他来写剧本，他就推说写不来。谁知洪深说，你写你的小说，我来改成剧本——这下只得遵命了。于是就有了1933年阳翰笙的《铁板红泪录》。片名和笔名，都是洪深起的。这就成了欧阳本义的第一部电影剧本。导演手把手，教作家写剧本，还真的教出了后来的编剧阳翰笙。

《春蚕》的电影版票房不好，就在于缺乏这种合作。夏衍检讨，自己写剧本，太忠实于茅盾的小说。而导演呢，对他言听计从，也没有积极参与改编。

山
深与潘公展”，2019
彩 | 亚麻布
40 cm

日本方案

全球化的背景下，不论投资，还是国家战略，都有随大流的压力。一旦形成风尚，其他参与者往往不得不跟风。

这样的教训，数不胜数。奥运会由业余竞技，变成了国家队的抗衡，其他国家为了面子，就不得不培养专业选手参赛。说是体育，实际上和公众的身体素质搭不上边。现在，连电子游戏都愿意成为"体育"，正是因为体育能得到国家资助。近来让体育回归学校的倡议，才是正确的方向。

目前，人工智能的可靠性还很低。不少美国企业，为了节省人力成本，无视公共安全，大肆炒作这种技术。而一些中国企业，为了与之竞争，也仓促上马人工智能。今年波音客机因软件造成的空难，给无人驾驶技术敲响了警钟。

里根、撒切尔时英美房市的投机、崩盘，广场协议之后日本房市的投机、崩盘，都是这样。今天，人们不还是青睐英美的地产、酒店？

好莱坞也是。当年，有人说迪士尼反犹，就是因为作为独立制片人的他，已感到犹太资本对好莱坞的垄断，希望保持独立，不愿同他们合作。结果呢，在他死后，迪士尼公司仍被资本方收购。今天的好莱坞，还能看到迪士尼早年美好而富于教益的动画么？中国企业，不还是投资好莱坞？

电影的配乐也是。今天，还有谁记得为迪士尼配乐的思道考夫斯基·，那个不把卡拉扬放在眼里的人？谁还记得他的乱弓法，他别致的弦乐声？

国际政治也是。人权运动，起初是为德雷富斯事件组织的。读者在卷二了解了那个事件的始末，就会明白，人权运动不过是政治的工具。一旦西方国家提出了这一概念，用以制约发展中国家，后者就不得不接受人权的提法，然后开发出自己的人权理论来抗衡。虽说被动，却也无可奈何。

要想在文艺上自立门户，就不能随波逐流。

夏衍说，这正是日本人的长处。日本画家不但吸收了早期的迪士尼，还通过几十年的探索，找到了更好地反映现实的画风。这种精益求精的探索，在同一部作品中，也能看到。《柯南》中人物形象的发展，在越来越好看的同时，还做到了角色的差异化。

动漫对人的处理，并不是以照相效果为目标的。这点，和肖像画是一个道理。只有着眼于人物的气质，才可能有画的境界。这也是动漫超越电影的地方。电影中，人物由演员扮演。而现有的商业模式下，演员的阅历、气质，往往难以满足角色的设定。拍出来的电影，也就无法传达任何高于演员本人的品质。动漫则不存在这个问题。

日本动漫的画风，虽说整体上渐臻完美，作品间的差距却还不小。大家都知道，柯南本人的眼睛很特别。相比之下，《网球王子》的第一、第二主角，龙马和金太郎，就输在眼睛无神。动漫中最优秀的人物画，能处理好画与现实的距离，既反映现实，又以动漫的笔法，提炼出人物的气质。

什么是文艺的日本方案？

在文艺上，不必处处和人争胜。现实主义小说，既然于社会无益，就不必刻意模仿。而好莱坞模式利欲当道，怎样化妆都难掩演员教养的缺失。一个国家，要吸收可取的技术，更要走自己的路。日本动漫的模式，是以连载漫画为基础，遴选受欢迎的作品，才动画化、电影化。

这是走对了路。为什么？直接上手动画或电影，很难把握好人物的形象，平庸之作也就层出不穷。而连载的形式，是第一道竞争，只有成功的人物形象，才有机会长期连载。在连载的过程中，画家则有时间进一步完善画风。这些，都是动画化阶段成功的基础。像青山这样的漫画家，不但自己执笔剧场版的一些画面，还会斟酌台词。

与其急功近利地培养导演、演员，不如好好培养画家。打好造型能力的基础，文创政策是不会吃亏的。

～

时间快进到1949年5月。瞿秋白当年布局电影界，就是想为"取得了天下"后的文创产业打基础。这时，即将接管上海，中央调夏衍等人北上，商讨今后的文创政策。刘少奇、周恩来都强调，要团结旧艺人，特别是京剧和地方戏。周恩来叮嘱他们，要一一拜访周信芳等人。刚去过天津的刘少奇，批评了那里禁演旧戏的做法，因为艺人失业了就会闹事。

到了上海后，棘手的，是如何治理娱乐场所。陈毅说，间接以此为生的人有30多万，把什么都反掉是痛快，但这些人吃饭就成了问题。没有新的节目给人看，也"不能天天都是《白毛女》"。曲艺界的风气怎么整顿？陈毅建议，将涉嫌犯罪的情况如实写出，交政法部门处理。周信芳还带头，订立公约，不演"坏戏"。这样一来，分管文艺的夏衍，一出戏都不用禁。

作家、导演的合作，是为了共同完成一件作品。作家、艺术家与政治家的合作，却有各自的目标。作家、艺术家，以作品为生，有自己的读者、观众。他们创作时，考虑的是读者，甚至只会听自己的心声。政治家呢，自己未必对文艺作品感兴趣，却必须确保社会的就业和公序良俗。所以，他们也得关注文创工作。一方面，文创产业制造了就业岗位，要维持这些岗位，就得避免过于频繁的行政介入。同时，文艺作品能影响风俗，政治家就得阻止任何不好的影响，这又需要及时的行政介入。夏衍兼具这三个身份。

就业与自治

兼具三个身份的人，自然是很矛盾的。

卷二说过，作家讲究眼光、品味，连看什么书都要挑。这么做，并非任性，而是严于律己。作家对自己要求高，吸收的养分就得好好甄别，也就间接用个人的高标准，衡量了其他作家。可一旦做了政治家，就不宜再放任个人品味了。要是过于苛求别人，哪还会有文创产业？

这就是为什么，诗人往往很难理解政策。我说的，当然是写旧体诗的人。旧诗吸引人，因为在古代，它就是少数读书人的小众爱好。今天，教育普及了，写旧诗，却仍会给人小众文化的优越感。如果说，以前的诗，还是对文言的提炼，旧诗离今天的文学语言就更远了。不像作家，写旧诗的人，不受公众的检验，因为诗的语言，已不受口语、书面语的限制。今天，旧诗的语言，反映了每个诗人自己，对一个封闭语料库的理解。

这理解，或是历时的，或是共时的。理解相近的诗人，就会形成小圈子，相互欣赏。

教育普及后，这类小众文艺没了门槛，参与的人就多了。人一多，文人相轻也更普遍。但文创政策不能为之左右，或是朝一边倾斜，尤其是在形成了盈利的产业之后。这一点，有远见的文人是知道的。鲁迅去日本时的带队老师俞明震，是诗人，也是政治家，在政策上就很开明。其他人，却希望独尊一家。他们没去想，禁了他们眼中的二流书院、国学班，办班人士不就失业了？

从政策的角度，应该做的，是加强监管。同时，订立一些行业标准。其余的，只要不违规，就该放任发展，优胜劣汰。

行业自治是很有用的。作家的日常工作，不和行政权力打交道。不少作家对自治权有新鲜感，也愿意用好这个权力。作家自治，一方面可以确保文艺作品对社会有益，一方面能及时纠正不良作风，使整个业态保持相对稳定，资金链不受影响。近年的网络作家协会，就是比较成功的例子。接下来，这类行业协会，应当进一步保护作家的权益，探索与文学平台的集体议价模式；相对于平台，绝大多数作家，在商业上是弱势的。

夏衍对电影最漂亮的批评，是在他卸任以后。1994年，他说，拍电影，不要一味追求创新，不要轻信电影理论的"奇谈怪论"。有头有尾、情节、生动的人物是电影的规律，"没有情节，没有人物，要拍电影干什么"。

电影理论，是电影的语言化。

他的话，同样适用于作家的另一位合作者：编辑。赵家璧的不少出版知识，是从鲁迅的信里学到的。其中，就有不让下引号出现在行首的办法。今天，一些新媒体追求创新，反而忘记了这个常识，连句号都排在了行首。

那时，赵家璧是鲁迅的编辑。鲁迅还会带着花布包袱装的书稿，自己出现在良友的门口。⌇

创新的局限

古罗马人对创新避之不及。创新，是什么时候流行起来的？

熊氏经济学对创业者创新的过分依赖，至今还有影响。其实，20世纪以来，科技渐趋复杂，创新模式，也早已转移到企业和国家主导的渐进式创新。成果转化之外，创业者已很难插手实质性的科创。科创政策，应当以提高国有单位一线研发人员的收入为主。

美国世界大型企业研究会今年4月的数据显示，近年时髦的数字化创新，并没有提高各国的生产率。

硅谷呢？——读者也许要问。硅谷，除了那几个军方支持的大公司，初创企业并没什么有用的科技发明，不过是风投泡沫而已。而所谓互联网公司，其实是在商业模式上创新，能盈利的也极少。上市后，这类初创企业的股价，很少能跑赢市场；说到底，还是风投家和创业者，利用上市时虚高的估值套现。

文学的创新，是最要小心的。文学从来都是传统的。连歌德都说，自己不过是继承了前人。《中华小当家》用了中国料理的题材，却能创作出好看的冒险故事。《龙珠》借了孙悟空的名字、形象，却不受原作的束缚（对，这还得谢谢编辑呢）。《柯南》借鉴福尔摩斯，加入作者擅长的恋爱喜剧，就复活了古人笔下的侦探。

文创政策的启示

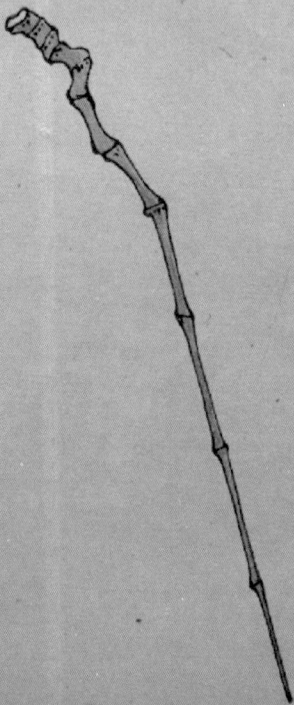

俞杖
十竹斋

"我从以前就想问了｜安室先生你有女朋友吗"

"嗯?（迷之微笑）我的｜恋人｜就是这个国家"

2018年《零的执行人》的这句台词，为什么没有
违和感?

安室透，是日本公安警察。他的人物形象，背
后是《柯南》连载二十年，渐臻完美的画风。他
的优秀，也早已深入人心：身材纤细的混血儿，
警校第一，会格斗、会拆弹，叫FBI"离开我的日
本"，还做得一手好菜，连甜点、三明治都别具一
格。只有安室透这样，人格、外表都如此完美的
角色，才和那句台词般配。这是真人电影做不到
的。

要做到这一步，得有什么样的文创政策？

1. **显著提高稿酬、版税。** 景云里诸君，能靠卖文为生。今天，稿酬、版税远低于发达国家，作家无法以创作为生，是中国文创没有积极性的直接原因。而国内出版业单品多、利润薄的竞争模式，使图书价格远低于其他文创产品。需要制定行业标准，禁止成本定价、折扣销售，并规定15%的最低版税；同时，扶持媒体、刊物，确保千字千元的稿酬。

2. **重视传统文创机构。** 新闻媒体、出版社、文艺刊物，曾是景云里作家的平台，今天仍是文创产业的支柱。追求创新的同时，也要扶持这些传统文创机构，不可偏废。

3. **理解文创和科创需要不同的"园区"。** 现代科创模式，是大规模协作，重资本。文创的规律，则是以个人、小团队的生活经历、灵感为主。文创活动本身，往往并不需要大量资本、人员，要避免直接套用科创的集聚式发展模式。如果只是将作家、艺术家聚集一处，就会剥夺他们的城市生活和小圈子；而这些，恰恰是文创作品的血液。景云里的经验是：打造足以吸引作家、艺术家定居的社区，围绕他们的生活空间布局文创机构、场地，以形成原生态的文创"园区"。

4. 让公众来检验文创作品。一部文创作品，没有本国读者、观众，专家再怎么说好，还是会被淘汰。要让作家、艺术家自己去探索适合本国的体裁。夏衍等人对电影本土化的反思，仍不过时。

5. 集中资金，尽快建立成熟的馆际互借体系。文创活动最重要的资源，是传统。古籍和乐谱的精校本尤其重要。比起鲁迅他们，今天的作家、艺术家，更没有大量购置图书、音像制品的个人资源，而公共图书馆的现有馆藏简陋，获取方式也不够便捷。成熟的馆际互借体系，需要联通所有大学、公共图书馆，实现免费的一馆通借。

6. 理解产业政策的局限性。产业政策，就是英文里的工业政策。产业政策可以在场地、投融资、产品流通等方面，协助文创。但文创活动本身，并非流水线生产，产业政策无法直接提高文创的质量。

7. 耐心等待一流作品的出现。以上诸条做到后，一流作品的出现，还需要多年的探索。日本今天的动漫，是半个世纪探索的结晶。二流作品，当然能组织人手，大规模生产。对潜心于精品的作家、艺术家，要耐心等待。❧

书目一长，就没用了，读者是不会去看的。循着故事
的线索，用搜索引擎就能找到的书，当然没必要列举。
这七本书，我不说，读者却不一定想得到。有些，还
是景云里诸君看得到，却没去看的。

经部

黄河清《近现代汉语大辞源》。
上海辞书出版社，即将出版。

史部

Bringhurst, Robert. *The Elements of Typographic Style.*
Hartley & Marks, 2016.

　　☞ 如何与排字家合作

Chang, Ha-Joon, and Ilene Grabel. *Reclaiming Development:
An Alternative Economic Policy Manual.* Zed Books Ltd., 2014.

　　☞ 比起作者的其他著作，这本的语言，未经文
学编辑润色

子部

Golden, Daniel. *The Price of Admission.* Crown Publishing Group/
Random House, 2007.

　　☞ 所有角度看似都被写过，怎样发掘独特视角

Martin, Judith. *Miss Manners' Guide to Excruciatingly Correct Behavior.*
W. W. Norton & Company, 2005.

集部

Dobrée, Bonamy. *Modern Prose Style.* Clarendon Press, 1934.

Rohde, Erwin. *Der griechische Roman und seine Vorläufer.*
Breitkopf & Härtel, 1900.

▱ 作者是尼采同窗

括号中是新华社译名室的译法

阿懦德（阿诺德）	Arnold (Balliol 44)
哀呐	ENA (École...)
爱利恶德（艾略特）	Eliot
傲而非欧（奥尔费奥）	L'*Orfeo*
傲思定（奥斯汀）	Austen (t unaspirated)
巴勒塔萨（巴尔塔扎）	Balthasar (*l* immer hell)
白璧德（白璧德）	Babbitt
白衲得谛（贝纳尔德特）	Benardete
帮徒（邦图）	Bontoux
卑赖尔（佩雷尔）	Pereire (P occlusive pure)
柏拉图	/bó-/
成长小说	Bildungsroman
德屡懵（德吕蒙）	Drumont
梵乐希（瓦莱里）	Valéry [-ʁ-]
菲薄（费伯）	Faber (Christ Church 12)
恭道夫（贡多尔夫）	Gundolf (*l* immer hell)
郭邪夫（无）	Kojève (K occlusive pure)
海岱山（海德堡）	Heidelberg
骇何辞（赫策尔）	Herzl (silbisches *l*, hell)
号不思（霍布斯）	Hobbes (Hertford 08)
胡叟（卢梭）	Rousseau [ʁ-]
金大侠	Stephen King
凯雷（卡莱尔）	Carlyle

苛累忙叟（克列孟梭）	Clemanceau
泪腮仆厮（莱塞普）	Lesseps /-ps/
马诋揶（马蒂耶）	Mathiez
孟太尼（蒙田）	Montaigne /-ɲ/
谬顿（弥尔顿）	Milton (dark [ɫ])
莫明理亚诺（莫米利）	Momigliano /-ʎ.ʎ-/
那位大人	„Meister" = Stefan George
强生（琼森）	Jo(h)nson (σ Johnson)
乔治领域	George-Kreis /geˈɔrgə-/
柔默（罗默）	Romer
山潭野衲（桑塔亚纳）	Santayana
思道考夫斯基（斯托科）	Stokowski /-ɔ-ɔ-/
沃富（吴尔夫）	Woolf (dark [ɫ])
夏士烈德（黑兹利特）	Hazlitt /ˈheɪz-/
向导	vates

插画指引

这是作家与画家合作的印迹。作家随手记下难忘的场景；画家据此自由创作，并不受拘束。

1/画一　　景云里18号大门口，徐梵澄鞠躬道别，鲁迅猛然握住他的手，目光辉射。

中文数字是构思的先后，阿拉伯数字则是所在卷次。

创作线索：徐梵澄《星花旧影》

如能画出星花旧影四字的感觉最善。记得画门牌（1929/2至1930/5，鲁迅住17号，出入仍在18号；他和周建人打通了17、18号之间的隔墙）。

1/画二　　从鲁迅家出来，冯雪峰向胡风作抱怨状，不耐烦的神色。胡风表面应付，心里对冯雪峰的冷酷感到意外。背影里，病重卧床的鲁迅一脸无奈。

创作线索：（冯雪峰的话）"鲁迅还是不行，不如高尔基：高尔基那些政论，都是党派给他的秘书写的，他只是签一个名。"（胡风《鲁迅先生》）

可以辟出画面一角，画苏联红旗下写作的高尔基，"奋斗而听话"的眼神。留意表现胡风的心理活动。

2/画三　　茅盾和叶圣陶的书房，都在自家三楼的亭子间，两窗相对。茅盾将写好的稿子，从窗口丢给叶圣陶。

创作线索：茅盾被通缉，躲在景云里家中。发稿通过叶圣陶。

叶圣陶虽长茅盾两岁，在商务印书馆，茅盾却是前辈。《小说月报》也是接替茅盾的郑振铎，去英国避风头后，才由叶圣陶代为编辑的。茅盾在文坛的影响力，仅次鲁迅。留意反映这种关系。茅盾可画得更恣意。

1/画四　　鲁迅、周作人在日本对坐译书。

创作线索：周作人口译，鲁迅修改誊正，"都一点都不感到困乏或是寒冷；只是很有兴趣的说说笑笑，谈论里边的故事"。（《知堂回想录》）

译书既是向国内介绍新文学，也为补贴学费。

日常生活全由鲁迅操办，周作人甚至不用开口说日语。留意反映这种关系。

4/画五　　洪深在会上向两个打扮入时的女生下跪，冯雪峰拍案而起，鲁迅摇头苦笑。

创作线索：一次左联会议上，洪深一时兴起，做起戏来，向着他带来的女学生下跪。冯雪峰拍案而起，骂他"将肉麻当有趣"，众人愕然，鲁迅摇头苦笑不迭。(《冯雪峰评传》)

留心表现三人作为戏剧家、革命党人、作家的不同性格。

4/画六　　法租界，捷克人开的公寓里，郭沫若、夏衍、潘汉年三人围坐。夏衍上半身前倾，同郭沫若紧紧握手。潘汉年拍夏衍肩，将他派给郭沫若。背影里，于立群推门而入。

创作线索：郭沫若回国抗日，将日籍妻儿留在日本。旋即又在香港同演员于立群结婚。郭、夏十年前见过，但郭沫若不记得他了。郭沫若早已成名；这次回国，夏衍觉得他神色惆怅，少了豪放和爽朗。潘汉年代表延安，宣布夏衍做郭沫若的政治助手，帮他重新熟悉上海文艺界。夏衍感到突然，但立即服从命令。傍晚，于立群等人来看郭沫若。

留意表现郭沫若"别妇抛雏"，即将另寻新欢的神态；潘汉年作为特科的稳重自信；夏衍对新任务的认真，对郭沫若的惆怅神态的不解。

4/画七　　被翻得一片狼藉的家中，西装笔挺的潘公展边点烟，边笑容可掬地劝告洪深退出左联活动。洪深佯装轻松，却难掩内心的矛盾。洪夫人给潘公展递茶。

创作线索：潘公展是国民党上海市教育局长。他在特务搜家之后，作为旧友登门拜访，予以警告。洪深几天后刊登启事，托病引退。

洪深确实有胃病。作为国民党员的他，却赞同共产党的不少主张。洪夫人平日以麻将消遣。留意表现洪深的两难，夫妇间的隔膜。

3/画八　　张元济手握毛笔，在窗前书桌上校史，抬头看窗外，流泪，悲愤的表情。满天纸灰从窗户飘进来。窗外，远处是焚烧中的东方图书馆。

创作线索:"那一天,上海刮东北风,纸灰飘到张元济先生的家中,他在悲愤中对夫人说:'工厂机器设备都可重修,唯独我数十年辛勤收集所得的几十万册书籍,今日毁于敌人炮火,是无从复得,从此在地球上消失了。''这也可算是我的罪过。如果我不将这五十多万册搜购起来,集中保存在图书馆中,让它仍散存在全国各地,岂不可避免这场浩劫。'"(张人凤《"一·二八"事变中的商务印书馆和东方图书馆》)

桌上可画出《百衲本二十四史》。